KB072705

독고진 장편 소설

FUSION FANTASTIC STORY

100마일
100MILE

100마일 2

독고진 장편 소설

초판 1쇄 찍은 날 § 2015년 3월 6일
초판 1쇄 펴낸 날 § 2015년 3월 13일

지은이 § 독고진
펴낸이 § 서경석

편집부장 § 권태완
편집책임 § 한준만

펴낸곳 § 도서출판 청어람
등록번호 § 제387-1999-000006호
등록일자 § 1999. 5. 31
어람번호 § 제1-2071호

주소 § 경기도 부천시 원미구 부일로 483번길 40 서경B/D 3F (우) 420-822
전화 § 032-656-4452 팩스 § 032-656-4453
http://www.chungeoram.com
E-mail § chungeorambook@daum.net

ISBN 979-11-04-90147-8 04810
ISBN 979-11-04-90145-4 (세트)

독고진 장편 소설
FUSION FANTASTIC STORY

100마일
100MILE

2

도서출판 청어람

100마일
100MILE

CONTENTS

Chapter 1

"확실하게 마음을 정한 거겠지?"

"네."

"그럼 됐다."

아버지는 더 이상 말하지 않았다.

내 어깨를 가볍게 두드리며 희미하게 웃을 뿐이었다.

곁에 앉은 어머니 또한 마찬가지였다.

아버지와 어머니는 내가 어떤 선택을 하더라도 그것을 적극 존중해 줄 분들이었다.

다만.

"미쳤어! 오빠 제정신 아니지?"

우리 집 사춘기 소녀 지아만이 날 이해할 수 없다는 표정으로 바라볼 뿐이었다.

＊　　　　＊　　　　＊

《역대 최고의 고교 투수 국내 신인 드래프트 시장 등록 완료!》

믿어지지 않는 일이 벌어졌다. 몇 시간 전, 국내 프로 야구 신인 드래프트 선수 등록 명단에 한 선수의 이름이 전산 등록을 마쳤다는 사실이다. 그 주인공은 역대 최고의 고교 투수로 이름을 날리며, 웬만한 국내 프로 선수보다 더욱 인지도가 높은 일석 고등학교 3학년 차지혁 선수다.

국내 고교 리그를 완전히 제패하며 모든 야구 관계자들을 흥분케 한 역대 최강의 고교 투수인 차지혁 선수는 국내 고졸 선수로는 유일하게 해외 드래프트 시장 1라운드 지명 후보로 지목되어 왔다.

공신력 높은 스포츠 전문 미디어 ESPN은 2025년 해외 유망주 평가에서 3위로 차지혁 선수를 꼽았으며, 미국에서 가장 인정받고 있는 야구 잡지사 베이스볼 아메리카(Baseball America, 약칭 BA)에서는 해외 신인 드래프트 시장에서 차지혁 선수가 1라운드 15~16위로 메이저리그 구단의 지명을 받을 것이라고 예측해

왔다.

차지혁 선수는 아시아 신인 투수로 이번 해외 드래프트 시장에서 일본의 니노마에 류지와 더불어 초특급 유망주로 분류되어 왔다. 최고 구속 156km의 패스트볼과 153km의 컷 패스트볼, 135km의 파워 커브는 국내 프로 투수들과 비교해도 손색이 없다는 평가와 함께 BA 구종 평가에서도 상당히 높은 점수를 받고 있었다.

모두의 예상을 깨고 국내 잔류를 선언한 차지혁 선수의 돌발 행동에 국내 프로 구단은 활화산이라도 터진 것처럼 뜨겁게 달아올랐다. 당장 국내 드래프트 지명 1, 2, 3순위의 구단으로는 수원 드래곤즈, 대전 호크스, 서울 버팔로스다. 이들 세 구단 중 한 곳에 정착하게 될 차지혁 선수의 몸값 때문에 세 구단의 프론트는 긴급회의에 들어갔다는 소문이 있다.

더불어 차지혁 선수의 국내 잔류로 인해 그를 상대해야 하는 다른 구단들은 차지혁 선수의 약점을 파악하기 위해 정밀 분석에 들어갔다는 소식이 있지만, 모 구단 관계자의 말에 따르면 차지혁 선수가 아무리 고교 리그에서 압도적인 투구를 보였다 하더라도 프로에선 쉽게 통하지 않을 것이라며 오히려 프로 세계의 무서움을 온몸으로 느끼게 될 것이라는 의견을 내놓기도 했다.

……중략…….

고졸 신인인 차지혁 선수를 메이저리그가 아닌 국내 프로 리그에서 볼 수 있다는 사실만으로도 이미 많은 관계자들은 내년 프로 야구의 인기가 한층 더 높아질 것이라는 전망을 내놓기도 했다. 실제로도 고교 리그에서 차지혁 선수가 선발로 등판하는 경기에는 상당한 수의 관중이 몰려들 정도로 이미 많은 팬층을 거느리고 있었다.

이번 국내 신인 드래프트에서 차지혁 선수가 어느 팀과 계약을 하게 될지, 또 그 액수가 얼마나 될지 벌써부터 귀추가 주목된다. 분명한 건 역대 최대 금액이 될 것이고, 당분간은 쉽게 깨지지 않을 금액이 될 것이란 사실이다. 기자이기 이전에 야구팬의 한 사람으로서 차지혁 선수의 내년 활약이 벌써부터 기대된다.

◎ 천지일보 강만수 스포츠 기자.
작성일 : 2025년 10월 3일 금요일.

　—차지혁 돌았음? 메이저리그 1라운드 지명이면 최소 2천만 달러인데! 완전 미쳤네!

　ㄴ작년 1라운드 15위로 지명 받은 케이타 오렐 계약금, 연봉 다 합쳐서 3천 6백만 달러! 차지혁 아시아 선수라는 핸디캡 받더라도 3천만 달러는 그냥 넘겨 버림!

　ㄴ요즘도 아시아 선수 핸디캡 있음?

　ㄴ아무래도 아시아 선수는 내구성 문제 때문에 핸디캡이 적용됨.

ㄴ3천만 달러 개 부럽다! 나도 야구나 할걸……

ㄴ왜? 3천 원 받고 주전자 나르려고? ㅋㅋㅋ

─BA 구종 평가 점수 정도는 당연히 찾아서 기사에 써야 하는 거 아니야? 하여간 우리나라 기레기들 아주 날로 먹는다니까!

─차지혁 BA 20─80스케일 평가 점수. 패스트볼 65, 컷 패스트볼 55, 파워 커브 55점. 참고로 80점 만점으로 70점이면 메이저리그 정상급(Well─above─average)이라는 평가를 받고, 60점이면 수준급(Above─average)이라고 평가함. 보통 50점만 넘어도 메이저리그 수준이니 평가 점수로만 보면 당장 메이저리그 선발로 뛰어도 꿀리지 않을 스펙임.

ㄴ생각보다 별로 높지 않군.

ㄴ뭘 좀 알고 말을 하세요. 유혁선 선수가 메이저로 갈 때, 패스트볼 60점, 슬라이더─체인지업 55점 받았어요. 국내 프로리그 씹어 먹었던 유혁선보다 고교 졸업 예정 선수인 차지혁 선수가 더 높은 평가를 받은 겁니다.

ㄴ유혁선은 저평가받았잖아! 그러니까 헐값에 갔지!

ㄴ유혁선 국내 마지막 시즌에서 10승도 못했는데 메이저에서 신인 첫해에 14승 했으니 말 다한 거지.

ㄴ유혁선의 성공 요인은 주변에 전혀 흔들리지 않는 마이웨이 투구! 강철 멘탈! 차지혁은 고교에서 너무 편안하게 공 던졌

음. 고교 넘버원이라 불리는 일석 고등학교는 솔직히 끝판왕인데, 거기서 무슨 걱정하면서 공 던졌겠음? 차지혁 메이저로 갔으면 초반에 털릴 확률 90퍼센트!

ㄴ동감! 까놓고 차지혁 고교 리그에서 상대 타자들 수준 미달 아님? 같은 수준의 유망주들이 죄다 팀 동료라서 무슨 긴장감으로 공을 던지겠음? 차지혁이 6이닝 이상 던진 경기가 없다는 것이 증거. 무조건 콜드 승으로 게임 끝남.

ㄴ차지혁도 대전으로 와서 유혁선처럼 강철 멘탈 장착해서 메이저 가자!

ㄴㅋㅋㅋ 대전 호크스 메이저리거 양성 훈련소!

—니노마에 류지는 어떤 선수죠?

ㄴ이 새끼도 사기 캐릭터. 최고 구속 159km의 패스트볼에 스플리터, 커터, 체인지업을 던지는데 그중에서도 스플리터가 완전 예술이죠. 참고로 스플리터는 BA 구종 평가에서 70점 받아냈죠. 일본 고시엔을 완전히 아작아작 씹어버린 괴물 투수! 일본은 어떻게 매년 괴물이 나오냐! 부럽다! 부러워!

ㄴ부럽기는! 니노마에 사토시한테 개 털리는 영상 보고 와라. 존나 불쌍하다 ㅋㅋㅋ

ㄴ사토시 4타수 4안타. 2루타 2개, 3루타 1개. 니노마에 사토시만 나오면 덜덜 떨었음 ㅋ

ㄴ나도 봤는데 사토시는 진짜 괴물 중 괴물! 그래도 니노마

에 아시아 원탑 유망주 투수라고 평가받았어요.

┗일본에 니노마에 류지와 사토시 준이 있다면 한국에는 차지혁과 장형수가 있어서 부러울 것 하나 없어요.

┗급 차이가 좀 많이 난다? ㅋㅋㅋ

┗일본인이냐? 개 같은 친일파 새끼! 꺼져!

─차지혁이 프로에서 통할 확률은?

┗솔직히 높지는 않다고 보고 있습니다. 댓글에서도 나왔지만, 차지혁은 고교 리그에서 제대로 된 타자들과 상대한 전적이 없습니다. 이제 갓 고교를 졸업한 고졸 신인 선수가 첫해부터 프로에서 활약하기란 결코 쉽지 않습니다.

┗제2의 유혁선처럼 될지 또 누가 압니까? 신인 첫해 다승, 탈삼진, 평균자책 1위에다 신인왕과 최우수선수상 받을지도 모르죠.

┗대전 호크스로 와라! 유혁선의 재림이다! 그렇지 않아도 요즘 대전 다시 화날려고 하는데! 내년을 위해 과감하게 배팅 좀 했으면 좋겠다!

┗지명 수원! 드래곤즈 프론트 돈 박박 긁어서 차지혁하고 무조건 계약!

┗지명이 무슨 상관임? 어차피 1, 2, 3지명 팀 모두 차지혁하고 협상 가능한데. 어설프게 간 보려고 했다가는 차지혁 빼앗길 수 있으니 아마도 역대 최대 계약 성사시킬 듯! 벌써부터 기대!

＊　　　＊　　　＊

"김 팀장 말대로 정말 차지혁 선수가 국내 시장에 나왔군요."

유정학 단장은 눈앞에 앉아 있는 김태열 팀장을 가만히 바라봤다.

평소 표정 변화를 찾아볼 수 없는 김태열 팀장은 지금도 눈하나 깜빡이지 않고 있었다.

자신의 분석대로 됐다는 만족감, 기대감, 혹은 흥분감 따윈 티끌만큼도 찾아볼 수 없었다. 그래서인지 유정학 단장은 김태열 팀장의 저런 포커페이스가 꺼려지기도 했다.

"이것부터 보십시오."

김태열 팀장은 두 장의 서류를 내밀었다.

"뭡니까?"

"드래곤즈와 버팔로스에서 차지혁 선수에게 제시할 예상 금액입니다."

국내 프로 야구 구단은 10개였지만 차지혁을 지명할 수 있는 협상권을 가진 구단은 자신들과 수원 드래곤즈, 서울 버팔로스뿐이었다.

다른 구단은 돈이 아무리 많아도 차지혁과 절대 계약을 할 수가 없었다.

차지혁이 국내 프로 리그에서 뛰려면 이들 세 구단 중 한 곳과 계약을 해야만 했다. 물론 다른 구단과 계약할 방법이 전혀 없는 건 아니다.

이번 신인 드래프트에서 지명을 받지 못하거나 일부러 계약을 모두 거부하면 드래프트 이후, 12월과 내년 1월, 2월에 자유 계약 신분으로 어느 구단과도 계약이 가능했다. 하지만 기존 프로 선수가 아닌 드래프트를 통해 계약을 거부한 신인 선수는 부정한 방법으로 타 구단과의 계약을 맺을 수 있다는 편법을 방지하기 위해 전년도 드래프트 계약 최저금액으로만 계약을 할 수 있었다.

이건 국내뿐만 아니라 해외도 마찬가지였다.

간단하게 돈으로 신인 선수를 영입할 수 없게끔 만들어 놓은 장치인 것이다.

유정학 단장은 서류를 확인했다.

서류에 적혀 있는 예상 계약 총액을 확인한 유정학 단장은 한참 동안 말이 없었다.

시간이 꽤 흐르고 나서야 유정학 단장이 서류를 테이블에 내려놓으며 김태열 팀장을 바라봤다.

"지금 이게 말이 된다고 생각하는 겁니까?"

"상향 조정은 있을 수 있지만 그 아래로는 금액이 조정되지 않을 겁니다."

"허!"

유정학 단장은 혹시라도 자신이 잘못 봤나 싶어 다시 한 번
계약 총액을 확인했다.

역시 잘 못 본 것이 아니었다.

수원 드래곤즈.
계약 기간 : 5~6년.
계약 총액 : 100억.

서울 버팔로스.
계약 기간 : 5~6년.
계약 총액 : 90~100억.

무려 100억이다.

고졸 신인 선수와의 계약에 100억이라는 엄청난 금액을 쏟
아 붓는다? 국내에선 있을 수 없는 일이었다.

지금까지 고졸 최고 계약 총액이 30억이 안 됐으니 무려 3배
가 넘는 금액이다.

해외 드래프트 시장에 나갔다면 최소 300억을 받았을지 모
를 차지혁이었지만, 그가 국내 시장에 남기로 한 이상 욕심을

최소한으로 줄여야만 한다.

해외에서 받을 수 있었던 금액 자체를 머릿속에서 지워 버려야 한다.

100억이라는 금액도 현재 국내 프로 구단 내에서 핵심 선수 2~3명에게나 해당되는 금액이다.

웬만한 성적으로는 절대 받아낼 수 없는 엄청난 금액으로 고졸 신인에게 이런 거금을 투자한다는 건 지금까지 지켜온 시장의 질서를 무너트리는 일이고, 기존 선수들에게도 악영향을 끼칠 수 있는 문제였다.

50억.

유정학 단장이 차지혁과 마련된 협상 테이블에서 제시할 수 있는 최고 금액이었다. 사실 50억도 상당히 무리한 금액이었는데 드래곤즈와 버팔로스에서 그 두 배를 준비한다고 하니 이건 도무지 답이 나오지 않았다.

"우리는 이런 큰 금액을 제시할 여력도, 그럴 수도 없습니다."

수원 드래곤즈와 서울 버팔로스에서는 여력이 있어서 100억을 꺼내 든 게 아니다.

그들 역시 입장은 자신들과 비슷했다.

선수단의 반발도 엄청날 것이고, 그에 따른 부담감도 차지혁 입장에선 결코 좋을 것 없다.

역대급 고졸이니, 해외 드래프트 1지명이니 뭐니 하는 소리도 통하지 않는다.

기존 선수들은 박탈감을 느낄 것이고, 그것은 알게 모르게 차지혁에게 표출하게 될 것이 분명했다.

신인 선수인 차지혁 또한 제대로 적응하지 못하면 본인 선수 생활에도 큰 마이너스 영향을 끼칠 수가 있다.

아직까지 국내에서 고졸 신인이 100억이라는 거액을 감당하기엔 그 받침이 탄탄하지 않았다.

이건 구단과 차지혁 모두에게 최악의 계약이 될 수 있다는 것이 유정학 단장의 개인적인 판단이었다.

"제 개인적인 판단으로도 그 정도의 계약은 독이 된다고 보고 있습니다."

맞는 말이다. 이건 독이다.

구단과 선수 모두를 중독시켜 망쳐 버릴 치명적인 독!

그럼에도 수원 드래곤즈와 서울 버팔로스가 이런 무리한 계약을 준비하는 건 그만큼 차지혁을 얻고 말겠다는 욕심인 거다.

고교 선수로서 이미 상당한 팬을 거느리고 있는 스타 선수라서?

유니폼과 티켓을 많이 팔아줄 것 같아서?

구단의 성적을 한껏 끌어 올릴 것 같아서?

모두 아니다.

그건 작은 부산물일 뿐이다.

드래곤즈와 버팔로스가 노리는 건 차지혁을 메이저리그로 보내면서 얻을 천문학적인 이적료다.

만약 차지혁이 국내 리그에서 만족스러운 성적을 만들어 내기만 한다면 짧게는 2~3년, 길게는 4년 이내에 메이저리그에서 오퍼가 들어올 것이다.

차지혁과 계약하기 위해 무리해서 사용한 100억 따윈 우스운 금액이 될 가능성이 컸다.

고작 2~4년 만에 투자 금액의 몇 배를 뽑을 선수라고 판단했기에 이런 거금을 사용할 준비가 되어 있는 거다.

고작 고교 리그에서 활약한 선수에게 너무 큰 기대를 갖는 것 아니냐고 할지 모르나, 이미 차지혁이 갖추고 있는 스펙 자체가 워낙 뛰어났다.

당장 국내 프로 선수들과 비교해도 정상급이라 불릴 스펙이었으니까.

"김 팀장은 어떤 식으로 협상 테이블을 마련할 생각입니까?"

드래곤즈와 버팔로스의 돈질을 독이라고 말한 김태열 팀장이다.

그건 곧 다른 방법으로 접근을 하겠다는 뜻이다.

유정학 단장으로서는 어떻게 차지혁과 협상을 해야 할지 갈피조차 잡히지 않았다.

아무리 좋은 소리를 하고 좋은 조건을 내걸어도 결국 돈 앞에서는 다 무용지물이니까.

김태열 팀장은 살짝 내려온 안경을 검지로 올리며 대답했다.

"프로 선수의 가치는 결국 돈으로 증명됩니다. 우리 역시 돈을 써야 합니다."

유정학 단장의 표정이 살짝 일그러졌다.

"분명히 말했지만, 우리는 드래곤즈나 버팔로스처럼 큰 금액을 제시할 여력이 없습니다. 그러니 다른 방법을……."

"당장 큰돈은 필요하지 않습니다."

"도대체 무슨 소리를 하는 겁니까?"

미간을 찌푸린 유정학 단장과 다르게 김태열 팀장은 오늘 처음으로 입가에 진한 미소를 지었다.

*   *   *

《마이크 테일러 7년 8500만 달러에 토론토 블루제이스와 계약!》

《사토시 준 6년 7300만 달러에 콜로라도 로키스와 계약!》

《시몬 산체스 6년 7100만 달러에 휴스턴 애스트로스와 계약!》

《케이티 지코 7년 6700만 달러에 필라델피아 필리스와 계약!》

《알렉스 코르로나 5년 5500만 달러에 시카고 컵스와 계약!》

《스티븐 펠리키 5년 5300만 달러에 시카고 화이트삭스와 계약!》

《앤드류 폴 7년 6300만 달러에 샌디에이고 파드리스와 계약!》

《니노마에 류지 6년 4700만 달러에 뉴욕 메츠와 계약!》

연일 터져 나오는 대박 계약 소식에 스포츠 뉴스는 흥분을 가라앉힐 수가 없었다.

더불어 대박 계약 소식이 터질 때마다 항상 내 이름이 언급됐다.

국내가 아닌 해외 드래프트 시장에 나갔다면 최소 3천만 달러네, 4천만 달러네 하면서 추측성 기사들을 쏟아냈다.

"정말 아쉽지 않습니까?"

황병익 대표의 물음이었다.

"저보다는 대표님이 더 아쉬워하는 것 같습니다."

내 말에 황병익 대표가 순순히 인정했다.

"아주 아쉽습니다. 진지하게 초기 협상으로 들어왔던 오퍼만 하더라도 5년에 3500만 달러는 보장이 되었으니까요."

이제와 하는 소리가 아니다.

내가 국내 드래프트 시장에 등록하겠다고 결정을 내리기 전부터 황병익 대표가 했던 말이다.

사전 접촉을 해온 구단이 미네소타 트윈스라는 사실까지 말해주었었다.

5년 3500만 달러.

굉장히 큰돈이다.

아시아 넘버원 투수라 불리는 니노마에 류지보다는 적은 금액이지만, 어떻게 협상을 하느냐에 따라 금액이 더 오를 수 있었던 일이니 절대 적은 돈은 아니다.

한화로 350억 원이 넘는 돈이니 우리 집이 평생 돈 걱정 없이 살 수 있는 거액이다.

솔직히 흔들리지 않을 수 없었다.

부유한 편이 아닌 집안 사정을 고려한다면 덥석 도장 찍어 주고 싶을 만큼 큰돈이었다.

"네 야구 인생은 이제 시작이다. 지금처럼 꾸준하게 노력을 한다면 돈 따윈 욕심 부리지 않아도 얼마든지 벌 수 있게 된다. 돈에 눈이 멀어 소중한 네 선수 생활을 망쳐선 안 된다."

돈에 흔들리는 날 바로잡아 준 건 아버지였다.

누구보다 호강시켜 드리고 싶은 아버지와 어머니, 지아였다.

그러나 당장의 이익에 눈이 멀어 선수 생활을 망쳐 버리거나, 내 계획과는 전혀 다른 방향으로 선수 생활이 흘러간다면 누구보다 괴로워할 사람들이 가족이었기에 과감하게 돈의 유혹을 뿌리칠 수 있었다.

그렇다고 돈을 적게 받아가면서 야구를 할 이유도 없었다.

잠시 뒤로 미룰 뿐이다.

"더 많은 돈을 벌게 해드리겠습니다."

YJ에이전시에 대한 고마움도 잊을 순 없다.

부모님 다음으로 나에게 헌신적으로 지원을 해준 곳이니 당연히 그에 대한 충분한 대가를 받아야만 했다.

내 말에 황병익 대표가 기분 좋게 웃었다.

"차지혁 선수의 말 꼭 기억하겠습니다. 하하하!"

"꼭 기억하고 계세요."

고개를 끄덕이며 황병익 대표가 서류 봉투를 내 앞에 꺼내 놓았다.

"아버님께서 자리를 비우셨으니 우선 차지혁 선수가 먼저 확인해 보시죠."

황금색 서류 봉투에는 세 장의 각기 다른 서류가 나왔다.

수원 드래곤즈.

계약 기간 : 5년.

계약금 : 60억.

연봉 총액 : 36억(1년 1억, 2년 3억, 3년 7억, 4년 10억, 5년 15억).

지급 옵션 : 매년 150이닝 이상 소화, 22경기 이상 선발 등 판할 경우 연봉 100% 지급.

보너스 옵션 : 승리 수당 1천만 원. 신인왕 수상 5억. 최우수선수상 10억. 다승왕 5억.

계약 총액 : 96억 + α

바이아웃 : 400억.

대전 호크스.

계약 기간 : 4년.

계약금 : 25억.

연봉 총액 : 20억(1년 2억, 2년 4억, 3년 6억, 4년 8억).

지급 옵션 : 매년 140이닝 이상 소화, 22경기 이상 선발 등 판할 경우 연봉 100% 지급.

보너스 옵션 : 승리 수당 1천만 원. 신인상 수상 10억. 최우수선수상 15억. 다승왕 7억.

계약 총액 : 45억 + α

바이아웃 : 350억.

서울 버팔로스.

계약 기간 : 6년.

계약금 : 70억.

연봉 총액 : 50억(1년 1.5억, 2년 4억, 3년 7.5억, 4년 9억, 5년 12억, 6년 15억).

지급 옵션 : 매년 155이닝 이상 소화, 22경기 이상 선발 등판할 경우 연봉 100% 지급.

보너스 옵션 : 승리 수당 1천만 원. 신인왕 수상 3억. 최우수선수상 7억. 다승왕 5억.

계약 총액 : 120억 + α

바이아웃 : 450억.

각각의 서류에는 간단하게 계약 세부 내용이 적혀 있었다.

국내 시장이라 크게 기대하지 않았는데, 한 곳을 제외한 나머지 두 곳의 금액이 생각보다 커서 놀라웠다.

"우선 몇 차례 사전 접촉을 통해 제시받은 계약 내용입니다. 크게 변동은 없다고 보시면 됩니다. 보시다시피 두 곳에서 제시한 금액은 고졸 신인으로서는 사상 최대며, 쉽게 깨트릴 수 없는 거액을 제시한 상황입니다. 물론 나머지 한 곳도 기존 계약 총액을 훌쩍 넘어서는 수준입니다만, 두 곳과는 비교가 좀 되는 편입니다."

기존 기록이 30억 미만이니 어쨌든 역대 최고액은 분명했다.

"대전 호크스는 굳이 볼 필요도 없어 보입니다만?"

계약금부터 연봉까지 차이가 너무 났다.

적게는 두 배, 많게는 세 배 가까이 났으니 확실히 경쟁력이 떨어져 보였다.

하지만 눈에 뻔히 보이는 계약 내용을 포함시켰다는 건 다른 뭔가가 있다는 소리였다.

황병익 대표가 빙긋 웃었다.

"대전 호크스에서는 추가 조약을 제시했습니다."

"추가 조약이 뭡니까?"

"이적료 20%를 선수 본인에게 세금까지 부담하며 넘기겠다고 했습니다."

"예?"

바이아웃 금액이 350억이니 20%라면 70억이다.

거기에 가장 높은 세금이 붙는 이적료세 35%까지 부담을 한다니 실질적으로 대전 호크스에서 손해를 보는 금액이 무려 94억이 넘는다.

아니, 손해라기보다는 자신들의 이익금을 떼준다는 표현이 더 정확했다.

어쨌든 결과적으로 350억에 나를 이적시킨다 하더라도 대전 호크스에서 손에 쥐는 금액은 130억이 조금 넘을 뿐이다.

반대로 내가 얻을 수 있는 이익은 순식간에 다른 두 구단보다 많아지니 이적만 성사된다면 가장 좋은 조건이라 부를 수 있었다.

"이런 경우는 거의 없기에 대전 호크스에서 정말 크게 양보를 한 셈입니다."

"너무 크게 양보를 해서 얼떨떨할 지경입니다."

"그럴 겁니다. 사실 이적료를 선수에게 일부 지급한다는 건 메이저리그에서도 찾아보기 드문 사례입니다. 당연히 국내 최초의 사례가 될 것이고, 그만큼 대전 호크스에서 차지혁 선수를 열렬히 원한다는 사실입니다."

"말이 좀 나오지 않겠습니까?"

"타 구단들이 굉장히 반발할 것은 불 보듯 뻔한 일입니다. 하지만 대전 호크스가 이적료 지급 조약을 철회할 가능성은 없습니다. 오히려 말이 나오더라도 수원 드래곤즈와 서울 버팔로스에서도 비슷한 조약을 옵션으로 넣으려고 할 겁니다. 아니, 제가 그렇게 만들어 버릴 작정입니다."

"그렇게까지 경쟁을 하면서 구단들이 손해를 보려고 하겠습니까?"

황병익 대표가 고개를 저었다.

"구단에서 손해를 보는 것도 아닙니다. 어차피 차지혁 선수만 잡을 수 있다면 몇 년 만에 100억 이상의 큰돈을 고스란히 얻을 수 있기 때문입니다. 거기에 차지혁 선수로 인해 얻을 수 있는 추가 수입까지 생각한다면 사실상 큰돈 들이지 않고 구단 이미지도 높이고, 마케팅까지 톡톡히 할 수 있는데다 차지혁 선수가 좋은 성적까지 거둔다면 더 이상 바랄 것이 없을 정도로 구단에서 큰 이득을 얻게 되는 겁니다."

하나도 틀리지 않은 말이다.

구단에서 크게 양보를 했다 하더라도 결과적으로 그들이 손해를 볼 일은 손톱만큼도 없었다.

지금까지 거의 독식을 해왔던 수익 구조를 선수에게 조금 나눠주는 수준일 뿐이다.

무엇보다 연봉의 경우 1년 뛰고 이적해 버리면 총액은 20억일지 몰라도 실제로 구단에서 나에게 지급한 돈은 1년 치, 즉 2억밖에 되지 않는다.

다른 구단에서 4년, 5년 차에 9억, 10억 이상을 지급한다고 하는 것도 실제로는 생색내기에 불과했다.

물론 이적을 하지 않을 경우엔 반드시 지급해야 할 연봉이지만 말이다.

"얼떨떨하기는 하지만 이적료 지급 조약은 확실히 끌리는 조건입니다. 하지만 제가 가장 중요하게 생각하는 부분이 무엇인지 잊지 않으셨으리라 믿습니다."

황병익 대표 역시 같은 생각이라는 듯 고개를 끄덕였다.

"물론입니다. 차지혁 선수가 짧으면 2년, 길면 3년 이내에 국내 생활을 정리하고 메이저리그로 가겠다고 했으니 대전 호크스가 지금으로서는 딱 맞는 조건이라고 보고 있습니다. 바이아웃 금액도 타 구단들에 비해 가장 낮으니 이적 시에도 여러모로 차지혁 선수에게 이득이 될 사항입니다."

"자세히 설명을 부탁드리겠습니다."

"간단합니다. 바이아웃 금액이 적으니 이적을 원하는 구단으로서는 상대적으로 차지혁 선수에게 쓸 수 있는 금액이 높아진다는 뜻입니다."

"아……."

그 부분까지는 생각을 하지 못했기에 대전 호크스와의 계약이 내게 얼마나 큰 이익인지를 쉽게 이해할 수 있었다.

"대표님께서는 대전 호크스와 계약하길 원하십니까?"

"지금 조건만 놓고 본다면 수원 드래곤즈나 서울 버팔로스보다는 대전 호크스가 낫습니다. 사실, 드래곤즈나 버팔로스는 계약 기간에 있어서만큼은 쉽게 물러서지 않으려고 할 것 같습니다. 하지만 협상 테이블은 이제 마련되었을 뿐입니다. 아직 시간은 충분하고 온전히 우리 편입니다. 최대한 좋은 조건으로 협상을 이끌어 내는 것이 제가 해야 하는 일이니 차지혁 선수는 절 믿고 차분하게 기다려 주시면 됩니다."

황병익 대표의 말투와 눈동자는 먹이를 발견한 맹수처럼

번뜩였다.

믿음직스러운 그 모습에 나는 더 이상 계약에 대해서는 신경 쓰지 않아도 되겠다고 판단했다.

"이후 협상 내용들에 대해서는 아버지와 상의해 주시길 바랍니다."

내가 해야 할 일은 내년 프로 무대를 대비하는 훈련이지, 돈을 더 받겠다고 계약에 신경 쓸 일이 아니었다.

황병익 대표도 믿을 만한 사람인 건 확실했지만, 그보다도 날 위해서라면 무엇이든 해낼 아버지가 있었기에 계약 문제는 아버지에게 모두 일임하기로 했다.

"알겠습니다."

내 생각을 읽었다는 듯 황병익 대표가 밝게 웃었다.

＊　　　＊　　　＊

쇄애애액!

퍼엉!

포수 미트를 뚫고 나갈 것처럼 박혀 들어가는 묵직한 패스트볼은 언제 봐도 일품이다.

"무브먼트가 더 좋아졌다. 이 정도라면… 국내 프로 무대에서도 충분히 통한다."

최상호 코치는 장담하듯 말했다.

국내 무대에서 에이스로 활약했던 최상호 코치였으니 믿을 만했다.

투수가 던지는 공은 투수보다 그 공을 받는 포수가 더 잘 아는 법이다.

내 손끝에서 걸려 나가는 것만으로도 충분히 구위를 느낄 수 있지만, 직접적으로 공을 잡아내는 포수만큼은 아니다.

"다음은 파워 커브를 던져라."

최상호 코치가 던져 주는 공을 받아내곤 호흡을 고른 후, 미트가 머물고 있는 곳을 향해 정확하게 파워 커브를 던졌다.

쇄애액! 휘익~ 퍼엉!

짝짝짝짝짝짝!

"와우! 정말 대단한 파워 커브입니다!"

격렬할 정도로 박수를 치며 황병익 대표가 다가왔다.

"이런 완벽한 명품 파워 커브를 도대체 BA에서는 어떻게 55점이라는 박한 점수를 준 건지 이해가 가질 않습니다! 최이사님! 방금 차지혁 선수가 던진 파워 커브면 80점 만점을 받아도 부족함 없는 구위 아닙니까?"

황병익 대표의 말에 최상호 코치는 피식 웃고 말았다.

굳이 대꾸할 이유가 없다는 듯 말없이 내게 공을 던졌다.

80점 만점? 70점만 받아도 당장 메이저리그 정상급이라며 찬사를 받는다.

내가 생각해도 55점은 조금 낮은 평가지만, 그렇다고 60점 이상이라고 말하기엔 조금 부끄러운 것 또한 사실이었다.

구속 자체는 훌륭했지만, 꺾이는 각이 아직 모자랐다.

최상호 코치는 이 부분을 신경 써서 훈련을 해야 한다고 했고, 나 역시 지금은 파워 커브의 구속보다는 각에 더욱더 신경을 쓰고 있는 상황이었다.

홈플레이트 앉아 있는 최상호 코치가 컷 패스트볼 사인을 냈다.

천천히 와인드업을 하고 미트를 향해 컷 패스트볼을 던졌다.

쇄애애액 후욱~ 퍼엉!

"멋진 커터입니다!"

이번에도 황병익 대표가 물개 박수를 쳐대며 감탄했다.

"다시!"

최상호 코치의 불만족스러운 음성에 황병익 대표가 슬그머니 손을 내렸다.

쇄애애액! 후우욱~ 퍼엉!

"멋지게 꺾여 들어가는 커터입니다!"

황병익 대표의 칭찬이 민망할 정도로 최상호 코치가 지적을 했다.

"제구는 제법 잡혔지만 각도 조절에는 아직 한참이나 미숙하다. 예리하게 다듬지 못하면 절대 타자의 배트를 압도할 수 없다. 신경 써서 공을 던지도록 해라."

"알겠습니다."

연속으로 컷 패스트볼만 던졌다.

최대한 각을 다듬어보겠다고 신경을 썼지만, 원하는 만큼 만족스럽지가 않아 살짝 짜증이 났다.

아무래도 중지의 힘을 미세하게 컨트롤하는 능력이 부족해서 벌어지는 문제인 듯싶었다.

이런 문제는 계속 던지면서 시간을 들여야만 보완이 되는 부분이라 급하게 마음먹지 않는 것이 가장 중요했다.

투수는 절대 욕심을 부리면 안 된다.

자신의 공이 마음에 들지 않는다고 무리해서 투구를 하다 보면 부상으로 직결될 정도로 섬세하게 몸이 다듬어졌기 때문이다.

차근차근 천천히.

이 점을 가장 염두에 두고 반복적인 투구만이 유일한 방법이다.

그렇게 한참 동안 투구 연습을 하고 나서야 휴식에 들어갔다.

달아오른 어깨를 가볍게 풀어주며 황병익 대표를 바라봤다.

지루할 법도 한데 한마디도 없이 곁에서 묵묵히 지켜보고 있었던 거다.

"하실 말씀이라도 있으십니까?"

내 물음에 황병익 대표가 활짝 웃으며 대답했다.

"최종 계약서가 완성되었습니다."

"아버지와 대표님 모두 만족하시는 계약서입니까?"

"물론입니다."

어느덧 10월이 지나고 11월이 되었다.

앞으로 보름 후에 2025년 국내 신인 드래프트 지명 회의가 열린다.

이미 많은 이들이 사전 계약을 마쳤을 거다.

십몇 년 전과 다르게 지금의 드래프트 지명 회의는 회의라는 말이 무색한 지명 발표회나 다름없었다.

구단들 간의 눈치 싸움, 어느 구단에 지명을 받을까, 내가 몇 순위일까 하는 선수들의 긴장감 따윈 조금도 찾아볼 수 없는 '우리 구단은 이 선수와 계약을 확정했다'라는 걸 공식적으로 선언하는 날이었다.

"어디와 계약을 하게 되는 것입니까?"

계약 내용보다는 아버지와 황병익 대표가 선택한 구단이 어디인지 그것이 더 궁금했다.

"차지혁 선수가 계약을 하게 될 구단은……."

＊　　　　＊　　　　＊

　―2025년 국내 신인 드래프트 지명 회의에 참석해 주신 모든 프로 야구 관계자분들과 선수, 선수의 가족분들과 에이전시 관계자들, 기자분들께도 자리를 빛내주셔서 감사하다는 인사를 드립니다. 3분 뒤 13시에 2025년 국내 신인 드래프트 지명 회의를 시작하도록 하겠습니다.

　사회자가 지명 회의 선언을 시작했고, 곧바로 의례적인 식순이 이어졌다.

　유명 호텔의 거대한 홀에 마련된 지명 회의장에는 수백 명의 사람이 모여 있었다.

　각 프로 구단 관계자들로 이루어진 테이블, 선수와 부모들이 자리를 잡고 있는 테이블, 기자들, KBO 관계자들 등 수많은 사람이 거대한 홀 전체를 꽉 메우고 있었다.

　깨끗하게 차려입은 남자들이 테이블마다 돌아다니며 각종 음료와 빵, 과자, 과일 등을 사람들에게 건네줬다.

　음료를 마시며 가볍게 과자를 먹는 사이 지루하고 따분한 식순 행사가 끝났고, 기다리던 드래프트 1라운드 지명이 시작됐다.

　―그럼, 이제부터 2025년 국내 신인 드래프트 1라운드 지

명이 시작되겠습니다. 1라운드 첫 번째 지명권은 수원 드래곤즈입니다. 수원 드래곤즈는 10분 안에 1라운드 첫 번째 지명 선수를 데스크로 알려주시길 바랍니다. 10분 안에 지명 선수를 데스크로 알리지 않을 경우 지명권이 소멸됩니다.

사회자의 말이 끝나기가 무섭게 정중앙에 위치한 커다란 전자시계가 카운트를 시작했다.

2024년 국내 프로 야구 꼴찌를 차지한 수원 드래곤즈는 1라운드 1순위 지명권을 갖고 있었다.

수원 드래곤즈의 테이블에는 6명의 사람이 앉아 있었다.

단장과 프론트 팀장, 스카우트 등으로 구성되어 있는 수원 드래곤트 관계자들은 단장이 고개를 끄덕이자 곧바로 프론트 팀장이 테이블에 마련되어 있는 전화기를 들었다.

사회자와 약간 떨어진 곳에 마련되어 있는 데스크에는 1명의 남자와 1명의 여자가 앉아 있었다.

여자가 곧바로 전화기를 들었고, 짧게 몇 마디를 하고는 수화기를 내려놓았다.

곁에 앉아 있는 남자에게 뭐라고 했고, 남자는 고개를 끄덕이며 데스크에 설치되어 있는 컴퓨터를 조작했다.

사회자 뒤편에 설치되어 있던 대형 스크린의 화면이 변했다.

2025년 국내 신인 드래프트 지명 회의.

1라운드 1순위 수원 드래곤즈.

포지션 : 투수.

출신고교 : 일석 고등학교.

이름 : 박주천.

너무나도 익숙한 이름이 대형 스크린에 선명하게 찍혀 나왔다.

곧바로 박주천은 사회자가 서 있는 넓은 단상으로 향했고, 수원 드래곤즈의 단장 역시 유니폼과 모자를 들고 단상으로 향했다.

─2025년 국내 신인 드래프트 1라운드 1순위 지명권을 가지고 있는 수원 드래곤즈에서는 일석 고등학교 출신의 고교 졸업예정자 박주천 선수를 지목하였습니다. 키 185㎝에 82㎏의 박주천 선수는 우투수로서 실력과 재능을 인정받아 2025년 전국 고교 야구 선수 랭킹 투수 부문 2위이자, 전체 유망주 부문 3위로 선정되었습니다. 수원 드래곤즈로서는 특급 유망주라 불러도 손색없는 박주천 선수를 지명함으로써 몇 년 안으로 탄탄한 선발진을 구축할 수 있을 것으로 예상합니다.

사회자가 간략하게 설명을 하는 사이, 단장과 악수를 한 박주천은 곧바로 유니폼을 입고 모자를 머리에 썼다. 그리고 포토타임이 이어졌다.

계약 기간과 계약 총액에 대한 설명은 오늘 밤이나 내일 아침이 되어야만 공개될 예정이었다.

"계약 기간 6년에 계약 총액 21억 정도로 알려져 있습니다."

딱히 궁금하진 않았지만, 황병익 대표의 말에 그렇냐며 가볍게 대꾸를 해주었다.

요란하게 터져대는 기자들의 카메라 플래시에도 박주천과 수원 드래곤즈의 단장은 아무렇지도 않다는 듯 손을 맞잡고 웃고 있었다.

간단하게 수원 드래곤즈 단장과 박주천의 소감이 이어졌고, 두 사람은 단상에서 내려와 각자의 자리로 돌아갔다.

―이어서 1라운드 2순위 지명권을 갖고 있는 대전 호크스에서는 마찬가지로 10분 안에 지명 선수를 데스크로 알려주시길 바랍니다.

6명이 앉아 있는 대전 호크스의 테이블에서 안경을 쓴 깔끔한 인상의 남자가 전화기를 들었고, 곧바로 데스크와 간단하게 통화를 했다.

통화를 마친 여자는 다시 남자에게 작게 속삭였고, 대형 스크린의 화면이 바뀌었다.

2025년 국내 신인 드래프트 지명 회의.

1라운드 2순위 대전 호크스.

포지션 : 투수.

출신고교 : 일석 고등학교.

이름 : 차지혁.

"포토타임 때는 무조건 자신감 있는 얼굴로 가볍게 미소를 지으면 됩니다."

단상으로 오르기 위해 몸을 일으킨 내게 황병익 대표가 눈까지 찡긋거리며 조언을 해주었다.

아버지와 어머니도 웃는 얼굴로 날 바라봤다.

주변의 뜨거운 시선과 벌써부터 요란하게 카메라로 내 모습을 찍어대는 기자들을 지나쳐 단상으로 올라섰다.

─2025년 국내 신인 드래프트 1라운드 2순위 지명권을 가지고 있는 대전 호크스에서는 일석 고등학교 출신의 고교 졸업 예정자 차지혁 선수를 지목하였습니다. 키 191㎝에 87㎏의 차지혁 선수는 좌투수로서 이미 그 실력이 전 세계적으로 인정받고 있으며 2025년 전국 고교 야구 선수 랭킹 투수 부문 1위이자 전체 유망주 부문 1위로 선정되었습니다. 이번 2025년 국내 신인 드래프트 시장에서 태풍의 핵이나 마찬가지였던 차지혁 선수가 대전 호크스의 유니폼을 입게 됨으로써 제2의 유혁

선 선수의 신화를 이어나갈 수 있을지 무척이나 기대가 됩니다.

사전 협상 때 만난 적이 있는 대전 호크스의 단장 유정학은 한 손에 유니폼과 모자를 들고 날 기다리고 있었다.

"우리 대전 호크스의 선수가 된 것을 축하합니다. 우리 대전 호크스의 유니폼을 입고 있는 동안 열심히 경기에 임해 좋은 성적을 거두길 바랍니다."

진심으로 날 환영하며 손을 내미는 유정학 단장의 손을 마주 잡았다.

"열심히 하겠습니다. 감사합니다."

간단하게 대답을 하곤 유정학 단장이 내미는 하얀색 유니폼을 받아 들었다.

등번호 1번이 마킹되어 있는 대전 호크스의 홈경기 유니폼을 와이셔츠 위에 입고 모자를 머리에 썼다.

어깨나 두 번 두드려 주거나 손을 맞잡고 포토타임을 가질 줄 알았던 유정학 단장이 돌발적으로 날 끌어안았다.

순간적으로 당황했지만 곧바로 황병익 대표의 조언대로 가볍게 미소를 지을 수 있었다.

"제2의 유혁선 선수가 아닌 제1의 차지혁이 될 수 있도록 열심히 노력하겠습니다."

짧은 소감을 뒤로하고 단상을 내려왔다.

내가 테이블에 앉기 전까지도 기자들은 쉬지 않고 카메라 플래시를 터트렸다.

"멋진 소감이었습니다."

황병익 대표가 엄지손가락을 내보이며 빙긋 웃었다.

"우리 아들 멋있었어."

"프로에서도 승승장구하길 바란다."

어머니와 아버지 역시 내 손을 잡으며 그렇게 말씀을 하셨다.

―1라운드 3순위 지명권을 갖고 있는 서울 버팔로스에서는……

대전 호크스.

계약 기간 : 3년.

계약금 : 30억.

연봉 총액 : 12억(1년 2억, 2년 4억, 3년 6억).

지급 옵션 : 1년 100이닝 이상 소화, 15경기 이상 선발 등판할 경우 연봉 100% 지급. 2년 130이닝 이상 소화, 20경기 이상 선발 등판할 경우 연봉 100% 지급. 3년 170이닝 이상 소화, 23경기 이상 선발 등판할 경우 연봉 100% 지급.

보너스 옵션 : 승리 수당 1천만 원. 완봉 수당 3천만 원. 신인상 수상 10억. 최우수선수상 15억. 다승왕 10억. 탈삼진 개

당 10만 원 선수 이름으로 유소년 야구 발전 기금으로 기부.

계약 총액 : 42억 + α

바이아웃 : 350억.

추가 옵션 : 이적료 25% 지급(세금 포함). 보직 1군 선발투수 보장. 5선발 로테이션 체제에 따른 안정적인 선발 등판 보장. 2군행 거부 조건 포함.

계약 기간부터 각종 옵션까지 가장 만족스러운 조건을 제시한 대전 호크스였다.

Chapter 2

2년.

국내 프로 야구 무대에서 최정상의 투수가 되어 메이저리그로 향할 기간이다.

고졸 신인 주제에 터무니없는 꿈을 꾸고 있다고 하겠지만, 나와 최상호 코치는 2년 안에 국내 프로 무대를 정복하고 미국행 비행기를 타기로 마음을 맞춰 놓은 상태였다.

아직도 많은 사람들은 메이저리그가 아닌 국내 무대를 선택했다는 것에 대해 이해할 수 없다고 목소리를 높이고 있었다.

기사만 하더라도 쉽게 찾을 수 있었고, 야구 커뮤니티 게시판을 가도 마찬가지였다.

어리석은 선택이다, 메이저리그에서 인정해주지도 않을 국내보다는 트리플A에서 착실하게 실력과 경험을 쌓는 것이 낫다, 앞으로 고교 졸업 선수들에게 확실한 본보기가 될 최악의 선택이다 등등 온갖 악플과 비난이 적지 않았다.

계약 조건이 공개되자 3년 안에 350억이나 되는 이적료를 받으면서 메이저리그로 갈 수 있겠냐는 부정적인 시각이 악플과 비난으로 이어졌지만, 일부에선 파격적인 계약을 했다며 놀라움을 감추지 못했다.

"이씨! 이것들이 뭐라고 지껄이는 거야! 지들이 뭘 안다고 함부로 떠들어대는 거야! 진짜 짜증나게!"

타닥타닥타닥타닥.

키보드를 부숴놓을 것처럼 손가락을 놀리는 지아의 눈은 모니터가 뚫어질 듯 노려보고 있었다.

헝클어진 머리카락, 벌겋게 충혈되어 있는 두 눈동자, 키보드 옆에 수북하게 쌓여 있는 빵과 과자 봉지들.

"아 진짜! 이 새끼가 뭐라는 거야! 지가 무슨 기자야? 전문가야? 왜 멋대로 떠들어대는 거야! 실패는 누가 실패를 한다는 거야! 지가 실패자면서!"

다시 한 번 가열차게 키보드를 두드리는 지아의 모습을 보며 고개를 저었다.

아무리 말려도 소용없었다.

처음 나에 대한 악플을 봤을 때만 하더라도 그럴 줄 알았다며 나를 탓하던 지아였지만, 어느 순간부터는 악플러들과 전쟁이라도 치르듯 컴퓨터 앞에서 떠날 줄을 몰랐다.

"지아야, 그렇게 신경 쓸 필요 없으니⋯⋯."

"조용히 해! 이게 다 오빠 때문이잖아! 그러니까 메이저리그로 갈 것이지 왜 국내에 남아서는 이런 거지같은 놈들한테 까이는 건데? 하긴, 오빠가 야구 말고 할 줄 아는 게 뭐가 있겠어? 에이 씨! 황금 같은 주말에 이게 뭐하는 짓이야!"

벌겋게 변한 눈을 다시 모니터로 돌린 지아는 자신의 글에 답댓글이 달린 사람을 향해 욕까지 하며 키보드를 두드려댔다.

한마디를 하면 몇 마디로 돌아오는 지아의 모습에 하는 수 없이 소파에 앉아 TV를 켰다.

일요일이었기에 아침 러닝 이후의 일정이라고는 영어 수업밖에 없었다.

매일 일요일마다 4시간씩 영어를 배운 지도 벌써 3년이 다 되어가고 있었기에 회화 정도는 어느 정도 가능한 수준이었다.

메이저리그가 목적지였기에 영어 공부만큼은 소홀히 하지 않았기에 가능한 성과였다.

　―걷어 올렸습니다! 큽니다! 큽니다!

　"넘어갔네."

　화면상으로 맞는 순간 홈런이라는 걸 알 수 있었다.

　무릎 아래로 떨어지는 몸 쪽 볼이었지만, 타자는 그걸 그대로 걷어 올려 버렸다.

　힘 하나만큼은 정말 오싹할 정도로 대단한 타자로, 볼티모어 오리올스의 강타자 크루세타 피아즈였다.

　아메리칸리그에서 손에 꼽히는 홈런타자로 2018년, 2019년에는 연속으로 아메리칸리그 홈런왕을 차지한 경력도 있었다.

　하지만 2년 전부터 노쇠화가 시작되면서 타율이 급락했고 홈런 개수 역시도 눈에 띄게 줄어들어 내년부터 주전 경쟁도 어렵다는 분석이 지배적이었다. 그래도 여전히 걸리면 그대로 담장을 넘겨 버리는 파워만큼은 위협적이었다.

　"역시 메이저리그야."

　노쇠화로 내년 주전 경쟁도 어렵다는 타자였지만, 말도 안 되는 볼을 걷어 올리는 파워는 무시무시했다.

　저런 괴물들이 아무렇지도 않게 팀마다 서너 명씩 포진되어 있는 프로 리그가 바로 메이저리그다.

2025년 최고의 명경기 중 하나로 선정된 디트로이트 타이거스와 볼티모어 오리올스의 포스트 시즌 3차전의 하이라이트를 지켜보다 현관 벨소리에 곧바로 몸을 일으켰다.

현관문을 열자 두툼하게 옷을 입고 있는 영어 과외 선생님인 김영준이 서둘러 집안으로 들어섰다.

"으으~ 춥다! 오늘 정말 춥네!"

에이전시에서 붙여준 영어 과외 선생님인 김영준은 이름만 들어도 대부분의 사람들이 다 알고 있는 미국 최고의 명문대를 졸업한 사람으로 황병익 대표와는 친인척 관계였다.

"커피 드릴까요, 인삼차 드릴까요?"

"따뜻한 거면 어떤 거든 좋아."

"예."

주방으로 가서 직접 인삼차를 준비했다.

인삼차를 들고 방으로 가던 중 거실 컴퓨터 앞에 앉아 있는 지아의 곁에 달라붙어 있는 김영준의 모습이 보였다.

"정말 말을 너무 함부로 하네!"

"그렇죠? 진짜 개념이 없다니까요! 아니, 지들이 뭐 우리 오빠 야구하는데 공이라도 하나 사줬냐고요! 구단이 바보도 아니고, 투자 가치가 있으니까 오빠한테 투자를 한 걸 가지고 무슨 말들이 저렇게 많은지!"

"지혁이가 워낙 유명하고 대단하니까 유명세를 치루는 거라고 생각해."

"그렇다고 이런 식으로 악플을 다는 건 아니잖아요?"

"그건 그렇지!"

지아와 한편이 돼서 악플러들과 전쟁을 벌이는 김영준의 모습에 작게 한숨을 내쉬고는 그를 끌고 방으로 들어왔다.

"몸이 사르르 녹는 것 같다!"

뜨거운 인삼차를 마시며 기분 좋게 웃는 김영준이었다.

"이사는 언제라고 했지?"

"토요일이니까, 다음 주에는 수업하러 오시지 않아도 됩니다."

"그래? 하긴, 이사 한 번 하면 꽤 번거롭고 정리하는 일이 보통 아니지."

대전 호크스와 계약을 했기 때문에 자연적으로 이사를 해야만 했다.

현재 중학교 1학년, 내년이면 2학년이 되는 지아로 인해 나 혼자만 작은 집을 얻어 생활을 할까 했지만, 아버지보다도 어머니가 절대 그럴 수 없다며 강력하게 반대를 했다.

힘들게 운동하고 집에 와서 편하게 쉬어야 할 운동선수가 혼자 생활하는 건 결코 좋지 않다면서 가족 모두가 이사를 가기로 결정을 내린 상태였고, 집도 제법 근사한 2층짜리 단독주택으로 구매를 해놓았다.

한창 예민한 사춘기 소녀인 지아가 전학을 가는 걸 달가워하지 않을 것 같아 상당히 걱정이 되었지만, 의외로 지아는 대전으로 이사를 가는 걸 적극적으로 찬성했다.

나중에 어머니 말을 들어보니 2층에서 가장 넓은 방을 지아에게 배정하고, 뒷마당을 제외한 앞마당은 지아의 취향대로 꾸밀 수 있도록 약속을 했기 때문이라고 했다.

그리고 과학고를 노리고 있는 지아였기에 대전만큼 적합한 도시도 없었다.

"학교는?"

"대전에 있는 사립대학에 입학하기로 했습니다."

대전 호크스와 계약을 하면서 당장 내년부터 프로 무대에서 시합을 해야 하는 나였지만, 대학 졸업장은 형식적으로라도 따야 한다며 대전 내에 위치하고 있는 사립대학 한 곳과 이야기를 끝내놓은 상태였다.

딱히 이름이 널리 알려진 좋은 대학교는 아니었지만, 강의도 듣지 못하고, 시험도 볼 수 없는 나에게 졸업장을 줄 곳이기에 불만 따월 가질 수도 없었다.

"어떤 식으로든 대학 졸업장은 가지고 있어서 나쁠 것 없지."

돈만 있으면 누구든 대학을 졸업할 수 있는 세상이었음에도 여전히 대학 졸업장의 유무에 따라 사회적 인식이 달라지는 한국 사회였다.

"내년부턴 대전 호크스에서 공 던지겠네? 선발로 등판할 때는 표 좀 미리 줘. 가서 응원하게."

"예."

"그럼 이제 수업하자."

*   *   *

"오! 차지혁 선수! 우리 대전 호크스에 입단하신 걸 정말 환영합니다!"

대전 호크스의 홈구장인 한밭 야구장에서 가장 먼저 만난 사람은 60세가 넘은 경기 관리인이었다.

한평생 대전에서 살았고 대전 호크스의 열렬한 팬인 그는 내가 대전 호크스와 계약을 했다는 사실을 듣고 덩실덩실 춤까지 췄다고 했다.

실제로 춤을 췄는지 알 수 없는 일이지만, 나를 대하는 눈빛과 표정만큼은 정말로 진실되었기에 가방에서 3개의 사인 볼을 꺼내 건네주었다.

팬을 사랑해야 한다. 팬이 없으면 스타도 없다.

최상호 코치가 대전 호크스에 입단한 나에게 해준 말이다.

나 역시 같은 생각이었다.

팬이 있기에 야구라는 프로 스포츠가 있는 거고, 스타플레이어도 있는 거다.

실력이 아무리 뛰어나도 좋아해 주는 팬이 없으면 아무런 의미가 없었다.

프로 선수가 되면 날 응원해 주는 팬이 단 한 명이라도 그를 위해 열심히 공을 던지고 팬 서비스를 해주겠다 마음을 먹고 있었다.

"고맙습니다! 이렇게 멋진 사인볼을 3개씩이나 줘서 제가 어떻게 보답을 해야 할지 모르겠습니다."

"보, 보답이라니요? 절 응원해 주시는 것만으로도 제가 감사한 입장입니다. 그리고 나이도 한참이나 어린 신인 선수니까 편하게 대해주세요."

나보다 몇 배나 나이가 많은 경기 관리자가 고개를 숙이며 고마워하자 당황스러웠다.

서둘러 자리를 피하는 게 나을 것 같았다.

부상 없이 대전 호크스에서 좋은 활약을 기대한다는 말을 들으며 구단 사무실로 향했다.

"차지혁 선수, 반갑습니다! 전 강석영이라고 합니다!"

"양영미예요."

"박선호입니다!"

구단 사무실에서 업무를 보고 있던 직원들과 가볍게 인사를 나누고 곧바로 강석영의 안내를 받아 단장실로 향했다.

똑똑똑.

"들어오세요."

익숙한 유정학 단장의 목소리에 강석영이 문을 열어주곤 들어가라며 손짓을 했다.

살짝 고개를 숙여 인사를 하곤 단장실로 들어가니 책상에 앉아 서류를 검토하던 유정학 단장이 날 확인하고는 벌떡 일어났다.

"어서 오세요!"

일개 선수에게 보이는 행동이라기엔 과한 듯 했지만, 내가 특별해서가 아니라 모든 선수에게 이렇게 행동을 하는 유정학 단장의 성격이었기에 인사말을 건네며 자리에 앉았다.

"이사는 잘했습니까?"

"덕분에 잘 마쳤습니다."

"이사하면 필요한 것이 많을 겁니다. 구단 사무실로 말만 하면 웬만한 것들은 다 지원을 해줄 겁니다."

"모든 선수들에게 지원을 해주시는 겁니까?"

"그렇게 생각합니까?"

웃으며 반문하는 유정학 단장의 모습에 방금 들었던 말은 깨끗하게 잊기로 했다.

필요하다고 덥석 구단에 요청을 했다가 무슨 소문이 나게 될지는 안 봐도 뻔했다.

더욱이 계약금으로 30억을 받은 상황이라 더 이상 금전적으로 부족함을 느끼진 않았다.

"어떻습니까? 내년부터 3년 동안 우리 대전 호크스를 위해 공을 던져야 하는데 각오는 되어 있습니까?"

단어 선택에 미묘한 반발심이 생겨났지만 무시하며 대답했다.

"물론입니다. 최고가 되기 위해 입단을 한 것입니다. 결코 손해 보는 계약이 아니었다는 걸 증명해 드리겠습니다."

"꼭 증명해 주길 바랍니다."

유정학 단장에 쓴웃음이 지어졌다.

지금은 그나마 논란이 약간 줄어들었지만, 나와의 계약을 두고 정말 시끄러운 소음이 많았다.

특히 계약 기간 3년에 대한 부분과 이적료 일부 지급은 대전 호크스의 극성스런 일부 팬들조차도 고개를 흔들며 부정적으로 바라보고 있었다.

더불어 대전 호크스는 이적료 지급 문제로 인해 모든 프로 구단들의 공공의 적으로 찍힌 상황이기도 했다.

대한민국에서 11월, 12월 동안 가장 많은 악플에 시달린 사람을 꼽으라면 그건 나와 유정학 단장이라고 자신할 수 있었다.

그래서인지 지금 이 순간만큼은 서로의 뜻이 완벽하게 일치할 수 있었다.

"이후 일정은 어떻게 됩니까?"

"우선 훈련장에 들러볼 생각입니다."

"백 감독님이 훈련장에 나왔는지 모르겠군요. 비활동 기간에는 훈련장을 찾는 선수들이 많지 않아 백 감독님도 매일 훈련장을 찾지 않습니다. 그래도 송 코치님은 있을 테니 우선은 인사를 해두길 바랍니다. 아시다시피 우리 대전 호크스의 투수 코치진의 실력은 그 어떤 구단보다 뛰어나다 자신합니다."

"알겠습니다."

"그리고 다음 달 15일에는 전지훈련을 떠나니 자세한 일정과 준비 사항들은 프론트 직원을 통해 전달받길 바랍니다."

"예."

악수를 하고 단장실을 나와 실내 훈련장으로 향했다.

"어? 차지혁 선수?"

계단으로 내려가던 중 마주 계단을 올라오던 여자가 날 향해 손가락을 들었다.

밝은 갈색 톤으로 염색한 긴 생머리의 여자였다.

"차지혁 선수 맞죠?"

내 앞으로 다가와 날 빤히 올려다보며 물어왔다.

"예."

"와~ 반가워요!"

손을 내밀며 악수를 원하는 그녀의 모습에 가볍게 손을 맞잡아줬다.

부드러운 살결에 따뜻한 체온이 느껴졌다.

얼굴도 상당히 예뻤기에 연예인이라고 해도 믿을 정도였다.

170㎝ 초반의 작지 않은 키 역시 그녀의 미모를 더욱 돋보이게 만들었다.

"아! 전 대전 호크스 프론트 직원 강하영이에요. 차지혁 선수가 우리 호크스와 계약을 해서 얼마나 기뻤는지 몰라요! 사실, 저 차지혁 선수 열렬한 팬이거든요! 고교 리그를 아작아작 씹어 먹는 모습을 보고 얼마나 멋있던지…….""

살짝 흥분한 모습으로 말을 쏟아내는 여자였다.

프론트 직원이라고 말을 하니 자주 볼 사이 같았고, 밝게 웃으며 그냥 팬도 아니고 열렬한 팬이라고 밝히니 가만히 서서 이야기를 다 들어주고 난 후에 고맙다며 가볍게 고개를 숙여 보였다.

"오늘 출근한 건가요?"

출근이라는 소리에 피식 웃음이 나왔다.

야구 선수와 출근이라는 단어가 영 어울리지 않았다.

그렇다고 영 틀린 소리도 아니었기에 그렇다고 간단하게 답을 해주었고, 곧바로 퇴근하냐는 말에 터져 나오려는 웃음을 억지로 참으며 훈련장에 간다고 말했다.

"지금 훈련장에 가봐야 사람도 별로 없어요. 알고 있겠지만 지금은 비시즌이고 더욱이 휴식월이잖아요. 휴식월에는 훈련장에 나오는 선수들이 별로 없어요."

프로 야구 선수에게는 비시즌 기간 중 12월과 1월 15일까지는 휴식월이다.

선수가 자발적인 훈련을 갖지 않는 이상 구단에서 강제적으로 단체 훈련이나 훈련 스케줄을 짤 수가 없는 기간이었다.

대부분의 선수들은 이 기간 동안 휴식을 취하면서 개인적인 일정들을 소화하는데, 그중 가장 많은 일정이 바로 결혼이나 여행이었다.

12월은 프로 야구 선수 결혼 기간이라는 말이 있을 정도로 이때가 아니면 시간을 내기가 쉽지 않았다.

여행 또한 마찬가지다.

시즌 기간 동안에는 빡빡한 경기 일정으로 인해 가족, 친구, 연인과의 여행 자체가 불가능했기에 12월만 되면 이곳저곳 여행을 떠나는 선수들도 꽤 있었다.

"있는 분들께라도 얼굴 도장 정도는 찍어야죠."

애초부터 많은 선수들과의 만남을 원했던 것도 아니었다.

강하영의 말대로 비시즌, 그것도 휴식월인 지금 훈련장에서 훈련을 하고 있을 선수는 정말 몇 없었으니까.

당장 내년 주전 경쟁에서 밀려날 것 같은 절박한 심정의 1군 선수라면 모를까, 대다수의 선수들은 완전한 휴식을 취한다.

경우에 따라선 휴식월에 훈련을 하는 것보다 편안하게 휴식을 하는 편이 더 득이 되기도 하기 때문이다.

"하긴, 앞으로 함께 시합을 뛰어야 할 선배님들과 미리미리 친해져서 나쁠 건 없겠죠. 좋아요, 날 따라와요!"

올라왔던 계단을 다시 내려가는 강하영이었다.

"뭐해요? 따라와요! 내가 훈련장으로 안내해 줄게요."

빙긋 웃으며 손짓을 하는 강하영의 모습에 괜찮다는 말을 하려다 이내 고맙다며 고개를 한 번 숙이고 말았다.

"어떻게 해야 그렇게 공을 잘 던질 수 있죠?"

"해외로 진출할 거라 생각했는데 국내 잔류를 선언해서 정말 깜짝 놀랐어요! 후회는 없죠?"

"들기로는 다른 구단에서 훨씬 더 많은 연봉 총액을 제시했다고 했는데 어째서 우리 대전 호크스와 계약을 한 거죠?"

"내가 가장 좋아했던 선수가 작년에 은퇴한 유혁선 선수였거든요! 그런데 유혁선 선수가 은퇴하자 기다렸다는 듯 차지혁 선수가 눈에 들어온 거 있죠? 그런데 내가 일하는 대전 호크스와 계약까지 했으니 당연히 차지혁 선수만 응원해야 하지 않겠어요? 호호호!"

"최종 목적지는 당연히 메이저리그겠죠?"

"아! 그 전에 2028년 부산 올림픽에서 금메달부터 따야겠네요?"

조잘조잘 참 말이 많은 여자였다.

그렇다고 딱히 듣기 싫은 소리를 하거나, 음색이 신경 쓰이지는 않았다.

오히려 말투가 활기찬 느낌이 많이 들어 가만히 듣고 있으면 저절로 기분이 업되는 느낌이었다.

메이저리그, 그리고 올림픽.

대한민국 남자라면 누구도 피할 수 없는 병역.

나 역시 병역에서 자유로울 수 없었기에 2028년 부산 올림픽에서 금메달을 따서 병역 면제를 받는 것이 근 미래의 가장 중요한 목표였다.

예전에는 인맥, 구단의 압력으로 인해 실력이 떨어지는 선수들이 대표팀에 선발되기도 했지만, 지금은 철저하게 성적으로 차출을 하고 있었다.

어느 특정 파벌에 들어야 하고, 구단의 힘에 의지해야 하는 일 따윈 없어진 지 오래였다.

"꽤 과묵하네요? 나이도 어리면서……."

뒷말을 흘리듯 중얼거렸지만, 똑똑히 들렸다.

자주 듣던 말이다.

특히 지아는 내가 애늙은이 같다, 야구하는 로봇 같다며 투덜거릴 때가 한두 번이 아니었다.

그게 나쁜 건 아니지만, 사회생활을 함에 있어 애로사항이 될 수 있다는 주변 사람들의 조언에 고쳐 보려고 노력 중이었다.

그런데… 성격을 어떻게 고치지?

"투수 코치 송진욱이다."

"만나 뵙게 되어 진심으로 영광입니다."

대전 호크스의 레전드 송진욱!

어떤 말도 필요치 않다.

대전 호크스뿐만 아니라 대한민국 프로 야구계에서 세 손가락 안에 들어가는 살아 있는 전설적인 투수가 바로 송진욱이다.

프로 통산 3000이닝을 소화한 유일한 투수.

최다승에서는 255승을 거둔 황종연에게 밀리지만, 210승을 거두며 역대 두 번째 최다승 투수로서 21년이라는 긴 세월을 프로로 활동한 모든 프로 야구 선수들의 모범적인 사례로 꼽힌다.

"송진욱 선배님은 진정한 자기 관리의 달인이다."

대전 호크스와 계약을 마친 후, 최상호 코치가 내게 했던 말이다.

더불어 프로 야구 투수로서 어떻게 오랜 세월 부상을 예방하며 롱런을 할 수 있는지 반드시 배우라고 했었다.

3000이닝이라는 무지막지한 이닝 소화 능력 또한 모든 투수들이 갖고자 하는 능력 중 하나였다.

악수를 하고 나자 송진욱 코치가 내 팔과 어깨를 주물럭거렸다.

"웨이트는 얼마나 하지?"

"웨이트보다는 튜빙을 하고 있습니다."

"투수가 사용하는 근육들은 최대한 유연할수록 좋지."

그걸 모른다면 굳이 튜빙을 할 이유가 없다.

투수의 근육은 야수의 근육과는 확연히 다르다.

최대한 부드럽고 유연해야 한다.

"하지만 웨이트를 멀리해서도 안 된다. 적당한 웨이트도 필요하니까 꾸준히 근력을 키우는 것도 중요해. 무리할 필요는 없고 체중의 60~70%의 무게로 천천히 근력을 강화시키는 게 가장 효과적이지."

송진욱 코치는 내 허벅지와 엉덩이, 종아리를 주물러댔다.

"예상대로 하체가 아주 탄탄하군. 웬만한 프로 선수들보다 좋아. 이렇게 하체가 단단하니 투구 동작에 전혀 군더더기가 없지. 아버님이 가르쳤다고 했나?"

"아주 어렸을 때부터 아버지께서 하체가 튼튼해야 한다면서 운동을 시켰습니다."

"지금의 자네를 만든 사람이 아버님이군. 러닝도 꾸준히 할 테고… 자네를 전담해서 코칭하는 사람이 최상호니 딱히 훈련장에 나올 필요가 없겠는데?"

"예?"

훈련장에 나올 필요가 없다는 말에 나도 모르게 얼굴을 찌푸렸다.

고졸 신인 선수가 훈련장에 나오지 않는다?

선배들에게 '나 좀 욕해주세요'라고 광고하고 다니는 짓이다.

특별한 훈련이 필요치 않아도 훈련장에는 꼬박꼬박 나가야 하는 게 신인 선수의 자세라고 생각했다.

"투구는 유연한데 생각은 딱딱한 놈이군."

송진욱 코치의 말에 그제야 그가 농담을 했다는 걸 알 수 있었다.

하늘같은 선배에다 코치이기까지 한 사람이 그렇게 진지한 얼굴로 말을 하는데 어떻게 농담이라 여긴다는 건지.

작게 고개를 흔들고는 가만히 송진욱 코치를 바라봤다.

어느덧 육십이라는 나이를 먹은 송진욱 코치였지만, 여전히 선수 시절의 몸매를 유지하고 있었다.

굉장한 자기 관리다.

야구뿐만 아니라 대다수의 운동선수들은 은퇴 후 몇 년만 지나도 살이 팍팍 찐다.

운동량은 거의 사라졌는데 먹는 양은 여전하니 자연스런 현상이다.

그런데 송진욱 코치의 몸매가 선수 시절과 비슷하다는 건 지금도 꾸준히 운동을 한다는 뜻이다.

어느덧 은퇴한 지도 15년이 넘은 송진욱 코치는 이듬해 코치 연수를 받고 그 다음해부터 대전 호크스의 투수 코치로 지금까지 머물러 있는 중이었다.

감독이 되어도 부족함 없는 경력과 화려한 커리어를 자랑하는 송진욱 코치였지만, 자신은 감독보다 투수 코치가 어울린다며 몇 번이나 구단의 감독직을 거절한 뚝심 있는 인물이기도 했다.

송진욱이라는 걸출한 투수 코치가 있기 때문인지 대전 호크스의 투수력은 프로 야구 10구단 가운데 세 손가락 안에는 항상 들었다.

문제는 뒤에서 두 손가락에 꼽히는 타력에 있었다.

소위 물방망이 구단이라는 놀림까지 받는 대전 호크스의

심각한 타력 부재는 매년 지적받는 일이었다.

당연히 구단 측에서도 거액을 들여 타격 능력이 뛰어난 교타자와 거포를 줄줄이 영입했지만, 어떻게 된 일인지 대전 호크스에만 오면 거짓말처럼 타격 능력이 바닥으로 곤두박질을 쳐댔다.

타격 코치를 바꾸기도 하고, 훈련 시스템을 바꾸기도 했지만 여전히 타격이 바닥을 기고 있는 대전 호크스였다.

"여어~ 이게 누구야? 우리 대전 호크스의 슈퍼 루키 아니야!"

훈련장이 떠나가라 우렁찬 목소리에 고개를 돌려보니 나랑 비슷한 키지만, 몸무게가 훨씬 더 많이 나가는 한 선수가 히죽 웃고 있었다.

장태훈.

대전 호크스의 간판타자로 당장 내년부터 26억이라는 거액의 연봉을 받아 챙길 선수.

한국 프로 야구 톱3에 속하는 고액 연봉자로 대전 호크스에 오기 전까지만 하더라도 강남 맨티스에서 6시즌을 뛰며 통산 타율 0.317에 227홈런을 기록한 초대형 거포로 많은 팀들과의 이적 협상 후, 연봉 총액 180억에 대전 호크스의 유니폼을 입게 되었다.

하지만 이적과 동시에 장태훈의 타율과 홈런수가 서서히

떨어졌고, 올해 성적은 0.225의 타율에 19홈런으로 프로 무대 데뷔 이후 최악의 성적표를 받아들고 말았다.

덕분에 대형 먹튀라는 불명예를 달고 있었다.

30살이라는 젊은 나이가 아직까지는 기대감을 주고 있었지만, 당장 내년부터 26억을 연봉으로 지급해야 하는 대전 호크스의 입장으로서는 장태훈이 제대로 된 타율과 홈런을 양성하지 못하면 최악의 이적 계약이라는 흑역사를 남길 판이었다.

"안녕하십니까. 차지혁입니다. 앞으로 잘 부탁드립니다, 선배님!"

먹튀든 뭐든 내게는 선배였고, 대전 호크스의 간판타자였기에 깍듯하게 인사부터 했다.

"어~ 그래! 자식, 거만할 줄 알았더니 생각보다 싸가지가 있는 놈이네?"

약간은 껄렁껄렁한 느낌의 장태훈이었다.

"태훈이, 네가 무슨 일로 이 시간에 훈련장에 나온 거냐?"

송진욱 선배의 눈빛이 곱지 않게 느껴졌다.

"이제 갓 프로의 세계에 발을 들인 햇병아리 앞에서 무슨 그런 말씀을 하십니까? 프로 선수가 돼서 훈련장에 왜 왔겠습니까?"

대꾸하는 장태훈의 표정과 말투도 곱진 않았다.

더 이상 송진욱과는 말을 섞기 싫다는 듯 날 바라보며 입을
열었다.

"화면보다 실물이 몸이 훨씬 좋은데? 어디… 오우! 이 새
끼, 허벅지가 장난 아니네? 기집애들 좋다고 달려들겠네. 괜
찮은 애인은 있냐?"

행동이 가볍다.

한국 프로 야구에서 세 손가락에 들어가는 고액 연봉을 받
는 스타 선수인 장태훈은 항상 뒷말이 많을 정도로 말투와 행
동이 가벼웠다.

장태훈에 대한 일반적인 평가는 천성이 거만하고 행동이
신중하지 못하다고 했다.

말이 좋아서 신중하다는 표현을 넣은 거지, 인터넷을 조금
만 뒤져 보면 천박하고 싸가지 없다는 말들을 쉽게 볼 수 있
었다.

그럼에도 장태훈이 대전 호크스의 간판타자로 활약하는
건 그동안 그가 쌓은 커리어가 만만하지 않았기 때문이다.

고교 시절 큰 주목을 받지 못했고, 그 결과 당시 2차 신인
드래프트 지명 회의에서 3라운드에 지명을 받으며 강남 맨티
스와 계약을 했다.

주전 선수들이 줄줄이 부상으로 시즌 아웃을 당하며 고졸
신인 선수임에도 장태훈이 시즌 초부터 선발로 경기에 나서

게 되었고, 데뷔 첫해부터 3할의 타율에 30개의 홈런을 쏘아 올리는 신인 최고의 활약을 펼쳤다.

강남 맨티스로서는 엉뚱한 곳에서 대박이 터진 셈이다.

당연히 장태훈은 신인상을 수상했고 2년 차 징크스라는 모두의 예상을 깨고 이듬해 3할 중반의 타율에 48개의 홈런을 터트리며 홈런왕과 동시에 최우수선수상을 수상하며 그의 가치가 한껏 치솟았다.

이후로도 매년 3할의 타율을 꾸준히 유지하면서도 홈런은 30개와 40개를 왔다 갔다 하면서 명실상부 한국 프로 야구 최고의 타자 중 한 명으로 활약을 해왔다.

엄청난 이적료를 기록하며 대전 호크스의 유니폼을 입은 장태훈이었기에 물방망이 타선을 한껏 끌어 올려 줄 것이라 믿었지만, 이적 첫해부터 2할 후반의 타율과 가까스로 30개의 홈런을 넘기면서 우려의 목소리를 만들어냈다.

장태훈을 제외하면 이렇다 할 타자가 없는 대전 호크스의 타선이었기에 집중 견제를 당한 것도 이유라면 이유겠지만, 프로에게 변명 따윈 필요치 않았다.

이후로도 장태훈은 타율 3할을 넘기지 못했고, 홈런의 개수도 점점 줄어들었다.

'그래도 작년엔 부활하나 싶었었지.'

0.294의 타율에 34개의 홈런으로 다시 예전 기량을 되찾나

싶었던 작년과 다르게 올해는 완전 바닥을 찍어주면서 모두의 기대를 한 방에 무너트려 버렸다.

문제는 내년부터는 26억이라는 연봉을 받아먹는다는 사실이다.

행동이 천박하든, 싸가지가 없고 거만하든 실력만 있으면 어느 정도 이해하고 넘어가는 게 프로의 세계다.

일부 팬들은 비난할지 몰라도, 당장 성적이 좋은 프로 선수는 범법자가 아닌 이상에야 시합에 출전시켜도 아무런 문제가 되지 않는다.

그런데 실력이 받쳐 주지 않는다면? 온갖 비난만 받는다.

실력도 없는 놈이 싸가지도 없네, 인성이 글러 먹었네, 저런 놈은 프로 자격이 없네 등등 차마 입에 담을 수 없는 욕설들까지도 인터넷에 도배가 된다.

송진욱 코치가 했던 말을 떠올려 보면 장태훈은 이전까지 훈련을 제대로 소화하지 않았음이 분명했다.

'거기에다 팀 불화설도 끊임없이 기사화됐었지.'

대놓고 다른 타자들의 실력이 별 볼 일 없어 자신이 집중 견제를 받는 거라며 불만을 터트렸었던 장태훈이었다.

인터뷰가 기사화되고 장태훈은 팀 불화를 일으켰다는 사실로 인해 징계성 출장 정지를 받아야만 했고, 자숙은커녕 보란 듯이 여자들과 염문이나 뿌리며 대전 호크스의 프론트를 상당히 골치 아프게 만들었다.

그런 상황에서 올해 성적이 개판 나면서 이제는 옹호해 주던 팬들조차 입을 꾹 다물고 있는 상황이라 장태훈의 입장에서는 내년이 아주 중요한 한 해가 될 수밖에 없었다.

제대로 된 성적을 내지 못하면 선수 생활 자체가 완전히 나락으로 떨어질 수도 있었으니 놀기 좋아한다고 소문난 장태훈이 비시즌 기간, 그것도 휴식월에 자발적으로 훈련장을 찾았다는 건 그만큼 절박하다는 말과 다르지 않았다.

"나 진짜 궁금한 거 있었는데, 물어도 되냐?"

싫다고 하면 안 물을 건가? 내가 보기엔 전혀 아니었다.

"말씀하십시오."

"아직 고딩이라 그런지 말투가 참 듣기 좋네. 너 왜 국내에 남았냐?"

질문을 하는 장태훈의 눈빛이 의외로 매서웠다.

이해할 수 없다는 보편적인 시선이 아니었다.

칼날처럼 차갑기도 했고, 성난 맹수가 먹이를 잡아먹기 전에 살기를 억누르는 것 같기도 했다.

"아직 실력이 부족하다 생각했습니다."

"실력이 부족해? 해외 드래프트 시장에 나가면 당장 1라운드 지명이 확실한 네가? 국내 웬만한 투수들은 평가 자체를 거부할 정도로 오만한 BA에서 상당히 훌륭한 평가를 받은 네가? 진심으로 말해봐. 너 국내에 남은 이유가 뭐야? 넌 나 같은 놈이랑은 다르게 시대 잘 타고 태어나서 국내 프로 선수들도 만져 보기 힘든 거액을 계약금으로 받으면서 화려하게 메이저리그 생활을 시작할 수도 있었잖아? 안 그래?"

눈빛이 한층 더 날카로웠다.

이유 모를 적의까지 느껴졌다.

어째서 나에게 이런 시선을 보내는지 쉽게 이해가 가지 않았기에 솔직히 당황스럽기도 했다.

"저는 단지……."

"장태훈! 그만해!"

당황한 날 구해준 사람은 송진욱 코치였다.

장태훈이 날 노려보던 시선보다 더욱더 사납게 느껴지는 송진욱 코치의 눈빛이있다.

장태훈은 피식 웃으며 어깨를 으쓱거렸다.

"궁금해서 그렇습니다. 당장 3천만 달러 이상의 돈 보따리를 싸들고 달려들 메이저리그 구단이 한두 곳도 아닌 놈인데 무슨 생각으로 국내에 남았는지 솔직히 너무 궁금했습니다. 송 코치님은 궁금하지 않으십니까? 전 진짜 이해가 가질 않더라고요. 그래서 만나면 꼭 한 번 물어보고 싶었습니다. 도대체 무슨 생각을 갖고 있어야 그 엄청난 돈을 포기할 수 있는지 말입니다. 나 같은 놈은 고작 몇천만 원에 협상권도 없는 지명 회의에 지명을 받고 좋아했는데 말이죠. 송 코치님도 그렇지 않습니까?"

장태훈의 말에 송진욱 코치는 아무런 말도 하지 않았다.

할 말이 없어서가 아니라, 굳이 내 앞에서 좋지 않은 모습을 보이지 않으려고 참는 듯한 모습이었다.

팀의 간판타자, 그리고 프랜차이즈 스타 출신의 코치.

둘의 미묘한 신경전은 결코 가볍게 넘길 문제가 아니다.

더욱이 송진욱 코치는 대전 호크스에 있어선 절대적인 존재나 다름없었다.

아무리 장태훈이 고액 연봉자라 하더라도 송진욱 코치가 이룩한 업적을 뛰어넘기엔 부족했다.

문제는 장태훈이 송진욱 코치에게 결코 지려고 하지 않는다는 사실이다.

"누군가고 싶어도 갈 수 없는 메이저리그인데, 누군 오라고 해도 가기 싫다고 거부했으니… 웃기는 세상이야. 그렇지?"

장태훈의 말 속에 뼈가 담겨 있었다.

솔직히 기분이 좋지는 않았지만, 그걸 그대로 표출할 정도로 멍청하지 않았기에 그저 말없이 서 있을 뿐이었다.

"훈련하러 왔으면 훈련이나 해."

송진욱 코치의 말에 장태훈은 건들거리며 고개만 까딱거

리다 갑자기 나를 향해 고개를 홱 돌리더니 징그럽게 웃었다.

"어이, 차지혁! 공 한 번 던져 봐라. 메이저리그 구단에서도 서로 데리고 가려는 역대급 고졸 루키의 공은 얼마나 다른지 확인이나 한 번 해보자."

굉장히 신경을 건드리는 말투였다.

"너 지금 무슨 소리를 하는 거야? 투수의 몸이 얼마나 예민한지 모르는 거냐? 헛소리 그만하고 네 훈련이나 해!"

진심으로 화난 송진욱 코치의 모습에도 장태훈은 나만 바라보고 있었다.

"몸 풀 시간은 충분히 줄게, 어때? 너도 팀의 간판타자를 상대로 네 공이 얼마나 통하는지 한 번 시험해보는 것도 나쁘지 않잖아?"

"너 이 새끼! 그만하라고 했지!"

더 이상 참지 못한 송진욱 코치의 입에서 거친 단어가 튀어나왔다.

덩달아 훈련장에서 묵묵히 훈련에 열중하던 몇 명의 선수가 우리 쪽을 바라봤다.

"솔직히 코치님도 궁금하지 않으십니까? 고졸 신인에게 쏟아 부은 돈이 있는데 실력이 어느 정도인지는 코치로서 당연히 파악해 놔야 하는 것 아닙니까? 차지혁 후배! 너도 설마 나처럼 먹튀 소리 듣고 싶은 건 아니겠지?"

"이 새끼가 진짜!"

송진욱 코치가 장태훈을 향해 다가갔고, 그 순간 내가 입을 열었다.

"부탁드려도 되겠습니까? 저도 제 공이 과연 프로에서 얼마나 통할지 꽤 궁금하던 참이었습니다. 장태훈 선배님께서 직접 상대를 해주신다니 저로서는 영광일 뿐입니다."

걸어오는 싸움을 피할 정도로 난 물렁하지 않다.

한국 최고의 타자? 그런 건 옛말일 뿐이다.

지금 내 눈 앞에 보이는 장태훈은 허접한 타율에 뜬금포나 한 번씩 터트리는 별 볼 일 없는 타자일 뿐이었다.

거기에 질투를 동반한 피해 의식까지 갖고 있다.

짓밟는다.

자존심이 완전히 뭉개질 정도로 짓밟아 버리고 싶어졌다.

Chapter 3

"프로에 가면 널 밟아놓으려는 선수들이 수도 없이 많다. 선후배 관계도 중요하지만 그 이전에 넌 정당하게 경쟁을 펼치는 프로 선수다. 그라운드 위에서만큼은 선후배를 떠나 동등한 프로 선수일 뿐이다. 절대 물러나지 말고, 밟히지도 마라."

최상호 코치의 조언이다.

솔직히 그의 조언이 아니라 하더라도 나 역시 적지 않은 연봉을 받는 프로 선수로서 누구에게도 질 생각이 없었다.

선배든 후배든 마운드 위에서 만나면 반드시 쓰러트려야

할 상대일 뿐이다.

그런 의미에서 장태훈 역시도 선배 이전에 내 자존심을 건드리며, 나에게 도발을 해온 현역 프로 선수로 반드시 내가 밟고 올라서야 할 상대였다.

툭툭.

로진백을 가볍게 손바닥 위에서 움켜쥐며 장태훈을 바라봤다.

부웅! 부웅!

배트가 돌아갈 때마다 위협적인 바람 소리가 들렸다.

신인왕 이듬해에 홈런왕과 최우수선수상을 수상한 장태훈이다.

대형 먹튀라는 조롱을 듣는 처지였지만 10년 차 베테랑이 되어 있었고, 아직까지 서른 살이라는 나이는 충분히 젊었다.

타자로서 얼마든지 다시 반등을 할 수 있는 가능성을 갖고 있었다.

"자존심이 상한 거냐?"

장태훈의 대결을 받아들인 날 향해 송진욱 코치가 한 첫 말이었다.

"제 공이 어느 정도인지 확인해 보고 싶습니다."

"절대 무리하지 말고 적당히 던져라."

더 이상의 말은 없었다.

극구 말릴 거라 여겼던 송진욱 코치가 의외로 대결을 허락한 거다.

내 자존심을 살려주기 위해서? 정말로 내 공이 어느 정도인지 확인하기 위해서? 아니면 프로의 냉정함을 깨닫게 하기 위해서?

이유야 많다.

내가 아닌 장태훈을 위해서 날 재물로 삼은 것일지도 모른다.

장태훈이 문제가 많은 선수인 건 사실이지만, 어쨌든 그는 팀의 간판타자고 반드시 부활을 해야 할 핵심 선수니까.

그에 반해 나는 고졸 루키였으니 이 대결에서 진다 하더라도 손해 볼 것 없다 여길지도 모른다.

송진욱 코치의 의중이 무엇인지는 모르지만 그의 말대로 난 적당히 던질 생각이 전혀 없다.

전력으로 장태훈을 상대할 작정이다.

갑작스럽게 성사된 대결이지만 준비 운동을 소홀히 할 수 없었기에 러닝부터 시작해서 스트레칭과 캐치볼로 충분히 어깨를 풀어줬다.

덕분에 1시간이 훌쩍 넘어서야 마운드에 올라설 수 있었다.

실내 훈련장 마운드라 느낌이 썩 좋지는 않았다.

쇄애액— 퍼엉!

손끝에서 느껴지는 실밥의 감촉도 베스트라고 부르긴 힘들었지만, 완전히 나쁘지도 않았다.

"휘우~ 볼 끝 죽이는데? 역시 해외 드래프트 1라운드 지명 후보답네!"

장태훈의 말을 무시하며 몇 차례 공을 더 던졌다.

"됐습니다."

내 말에 장태훈이 피식 웃고는 어슬렁거리며 타석에 들어섰다.

"시작할까?"

거만하게 웃고 있는 장태훈을 향해 천천히 고개를 끄덕였다.

실내 훈련장이라 그런지 포수 마스크를 쓰고 있는 박인수 선배와 대화하는 소리가 그대로 들렸다.

"어때? 좋냐?"

"좋네요. 괜히 역대급 고졸 루키라 부르는 게 아닌 모양이에요. 볼 끝이 안 죽네요. 무브먼트도 뛰어나고. 이제 갓 고등학교를 졸업한 투수라고는 생각할 수 없을 정도네요."

"그래봐야 햇병아리야. 잘 봐라. 시원하게 한 방 갈겨서 프로 무대가 고교 무대랑은 천지차이라는 걸 똑똑히 알려줄 테니까."

마지막에는 날 똑바로 쳐다보며 말을 하는 장태훈이었다.

훈련장 한편에 모여 있는 선수들과 코치들의 시선을 받으며 천천히 와인드업을 했다.

장태훈의 가장 큰 장점이자, 단점이라면 초구에도 과감하게 배트가 나온다는 점이다.

덕분에 초구 홈런도 꽤 많았다.

하지만 수 싸움에 능한 투수를 만나면 볼 카운트가 몰려서 제대로 된 타격을 가져가지 못한다는 점이 가장 큰 단점으로 지적되고 있었다.

내가 선택한 초구는 파워 커브다.

스트라이크 존을 살짝 걸치고 떨어지는 파워 커브는 초구를 노리는 타자들에게는 가장 훌륭한 유인구다.

호흡을 가져간 이후, 바로 공을 던졌다.

쇄애애액—!

부웅—!

퍼엉!

바람을 쪼갤 듯 휘둘러진 배트와 그런 배트를 아슬아슬하게 지나쳐서 포수 미트에 꽂히는 야구공.

잔뜩 힘이 들어간 장태훈은 약간 꼴사나운 모습으로 헛스윙을 하고선 누가 봐도 과장될 정도로 웃음을 지었다.

하지만 눈빛만큼은 흉포한 맹수처럼 살벌하게 번뜩이고

있었다.

"커브가 굉장히 좋은데? 알고도 못 치겠다. 하하하!"

칭찬처럼 말을 하고 있지만, 표정은 전혀 그렇지 않았다.

동료 선수들과 코치들이 보는 앞에서 꼴사납게 헛스윙을 해서인지 상당히 자존심이 상한 얼굴이었다.

미안한 말이지만, 이제 시작일 뿐이다.

"자, 원 스트라이크다."

하지 않아도 될 말을 한다는 건 흥분했다는 소리다.

그 증거로 장태훈은 방금 전과는 달라진 표정으로 배트를 바짝 조여 쥐고 있었다.

제법 신중한 듯한 얼굴이지만, 실제로 장태훈은 흥분하면 거침없이 배트가 나왔다.

그럼에도 불구하고 본능과도 같은 타격 재능이 의외로 안타와 홈런을 꽤 만들어 낸다는 점이다.

하지만 그건 어디까지나 장태훈의 흥분한 모습을 얕잡아 보고 던졌을 때의 경우일 뿐이다.

두 번째로 장태훈을 유인할 공은 바깥쪽 높은 볼로 정했다.

어설프게 변화구를 던지기보다는 빠른 패스트볼이 정답이다.

코스는 장태훈이 가장 좋아하는 높은 공이지만, 스트라이크 존을 공 하나 반 정도 벗어나는 볼로 흥분한 상태에서는 절대 좋은 타구를 만들어 낼 수가 없었다.

이 대결에서 포수의 존재는 단순히 내가 던지는 공을 받아 주는 역할이었기에 사인은 전적으로 내 몫이었다.

쇄애애액―!

부―웅!

퍼엉!

예상대로 장태훈은 눈에 확 들어오는 높은 볼에 거침없이 배트를 휘둘렀다.

문제는 구속이 150㎞가 넘는다는 사실이다.

한창 시즌 중도 아니고 부진한 성적으로 인해 다른 팀보다 일찌감치 시즌을 끝내고 경기 감각이 사라져 버린 장태훈에게 150㎞의 빠른 패스트볼은, 스트라이크 존으로 들어오는 공이라면 모를까 존을 벗어나는 볼은 커트조차 쉽지가 않았다.

"뭐야? 도망가는 거야?"

볼을 던졌다는 것에 대한 불만을 가볍게 드러냈다.

하지만 그런 씨알도 안 먹힐 도발에 넘어갈 정도로 순진하지 않았다.

볼을 던지든 스트라이크를 던지든 그건 투수인 내 결정이고, 내 책임이다.

타자는 스트라이크 존 안으로 들어오는 공만 치면 그만인 거다.

괜히 볼을 건드리거나 헛스윙을 하는 건 자신의 선구안에 문제가 있다는 단점을 걸 드러내는 꼴밖에 되지 않았다.

대꾸 없이 포수가 던져 주는 공을 받고는 세 번째 공을 생각했다.

파워 커브?

아무리 장태훈의 감각이 바닥이라 하더라도 방금 던진 패스트볼의 구속과 파워 커브의 구속을 분별하지 못할 정도는 아니다.

최소한 어떻게든 커트 정도는 해낼 것이 분명했다.

시합 중이라면 커트를 한다 하더라도 상관하지 않고 과감하게 파워 커브를 던지겠지만, 지금은 처참하게 짓밟아주고 싶은 마음 밖에 없었기에 완벽한 1구가 필요했다.

파워 커브를 제외했으니 남은 구종은 패스트볼과 컷 패스트볼.

장태훈은 패스트볼에 초점을 맞추고 파워 커브는 무조건 커트해 버리겠다 마음을 먹고 있을 것이 분명했다.

그렇다면 노리고 있을 패스트볼보다는 컷 패스트볼이 헛스윙을 유도해 낼 확률이 높았다.

문제는 꺾이는 각이 예리하지 못하면 커트를 당하거나, 안타를 맞을 수도 있다는 점이다.

그럼에도 컷 패스트볼을 던지려면 스트라이크 존을 통과하는 공을 던지느냐, 빠지는 볼을 던지느냐의 선택이 남았다.

'볼로 간다.'

우타자인 장태훈의 몸 쪽 아래로 떨어지는 컷 패스트볼이라면 헛스윙을 이끌어 낼 확률이 가장 높았다.

손에 들고 있던 로진백을 바닥에 내려놓으며 피처 플레이트에 왼발을 올렸다.

장태훈의 눈빛은 이제 타들어갈 정도로 이글거리고 있었다.

올 시즌 아무리 형편없는 성적표를 받아들었다 하더라도 아직 고등학교도 졸업하지 않은 신인에게 두 번이나 헛스윙을 당하며 궁지에 몰렸으니 거만한 성격에 자존심이 너덜너덜 걸레가 되었을 건 뻔한 일이다.

여기서 자존심을 회복하는 길은 어떻게든 제대로 된 안타를 만들어내는 것뿐.

장태훈의 머릿속엔 오로지 치고 만다는 일념만이 가득할 것이다.

와인드업을 하고 몸의 체중을 자연스럽게 이동시키며 중지에 걸려 있는 실밥을 낚아챘다.

쇄애애액—!

장태훈은 한복판으로 날아오는 공을 향해 있는 힘껏 배트를 휘둘렀다.

쳤다! 겁 없는 신인 녀석의 공을 정확하게 때렸다!

건방지게 자신에게 헛스윙을 두 번이나 선사한 녀석에게
제대로 보여줬다!

장태훈의 눈과 입이 그렇게 웃고 있었다.

웃고 있던 눈이 찢어지고, 입가가 비틀리는 건 순간이었다.

배트는 여전히 노렸던 방향으로 신속하고 정확하게 나아
가고 있었지만, 공은 달랐다.

홈플레이트 앞에서 미끄러지듯 각도가 꺾였다.

그것도 아주 예술적으로.

부—웅!

퍼엉!

공은 안전하게 포수의 미트 속으로 빨려 들어갔다.

연속 세 번 헛스윙을 한 장태훈은 말없이 미트에 들어가 있
는 공을 바라보다 마운드 위에 서 있는 나에게로 시선을 돌렸
다.

싸늘했다.

눈빛이, 표정이 날 갈기갈기 찢어놓을 것처럼 싸늘했다.

그런데 무섭지 않았다.

무서울 이유가 하나도 없었다.

장태훈은 패자고 난 승자니까.

3구 삼진.

타자에게는 이보다 치욕스러운 결과가 없고, 투수에게는 이보다 만족스러운 결과가 없다.

"다시."

장태훈은 예의 가볍고 장난스러운 음성이 아닌 차갑고, 무거운 목소리로 말했다.

자존심에 상처를 입다 못해 비참하게 짓밟힌 맹수가 된 장태훈은 또 다르다.

집중력을 한계까지 끌어 올릴 테고, 그만큼 내가 상대하기 힘들어진다.

하지만 가슴 한편을 간질거리는 묘한 승부욕이 날 충동질하고 있었다.

붙어! 다시 한 번 짓밟아 버려!

"알겠습니다."

포수를 향해 글러브를 내밀었고, 나와 장태훈 사이에서 생겨난 무거운 긴장감에 어쩔 줄을 몰라 하던 포수가 송진욱 코치를 바라봤다.

송진욱 코치는 말없이 고개만 끄덕였고, 포수는 곧장 내게 공을 던져 줬다.

*   *   *

퍼엉!

"씨발!"

콰작!

미트에 박혀 버린 공.

가슴속 깊은 곳에서부터 치밀어 오른 거친 욕설.

사정없이 내려쳐 부러트린 배트.

장태훈은 그대로 훈련장을 나가 버렸다.

건드리면 당장에라도 폭발해 버릴 것 같은 모습에 그가 가는 길목에 서 있던 모든 사람들이 재빨리 옆으로 물러날 수밖에 없었다.

장태훈과 5번 대결을 했고, 모조리 삼진으로 돌려세웠다.

패스트볼, 파워 커브, 컷 패스트볼을 뒤죽박죽 섞어가며 던졌다.

스트라이크 존을 통과하는 공보다는 볼이 더 많았다.

아니, 거의 대부분이 볼에 가까웠다.

선구안이 뛰어난 타자거나, 신중하고 침착한 타자였다면 결코 통하지 않을 유인구들이 거의 모두 다 장태훈의 배트를 나오게 만들었다.

단적으로 보여주는 장태훈의 컨디션이었다.

올 시즌 장태훈이 기록한 성적들이 단순한 불운이 아닌, 그의 현 상태가 얼마나 최악인지를 똑똑히 보여주는 결과이기도 했다.

제아무리 타격 능력이 뛰어나고, 홈런을 펑펑 쳐대는 타자라 하더라도 선구안이 개판인 타자는 절대 높은 타율과 많은 홈런을 칠 수 없다.

선구안이 바닥인 타자를 상대로 스트라이크를 아무 생각 없이 꽂아 넣는 투수도 없다.

그렇기 때문에 선구안이 좋지 못한 타자는 결코 프로 무대에서 살아남을 수가 없는 거다.

"대단한데? 진짜 웬만한 프로 못지않은 구위네. 패스트볼도 기가 막히고, 변화구도 자유자재로 구사하고… 휴우, 역시 해외 드래프트 1라운드 지명은 아무나 받을 수 있는 게 아니라는 걸 오늘 확실하게 알 수 있었다."

나와 장태훈의 대결에 끼어버린 포수 박인수 선배가 옆으로 다가와선 엄지손가락을 치켜세웠다.

"고생하셨습니다."

꾸벅 고개를 숙이며 인사를 하자 아니라는 듯 어깨를 툭툭 쳤다.

"나야 좋은 구경했지 뭐. 그런데 앞으로 조심해라. 봐서 알겠지만, 태훈 선배 자존심 무척 세서 아마 오늘 일 두고두고 기억할 거다."

"태훈 선배님 전혀 그렇지 않을 것 같던데… 제가 오늘 실수한 겁니까?"

모르는 척 그렇게 대꾸했다.

눈치 없는 후배가 낫지, 자존심에다가 승부욕까지 센 후배로 찍히는 것보다 나았다.

그렇지 않아도 역대급 고교 선수니, 해외 신인 드래프트 1라운드 지명 후보니 말이 많았는데 실력 믿고 거만하다는 소문이라도 나면 굉장히 피곤해질 것이 분명했다.

미국이라면 모를까, 한국 사회에선 겸손해야 한다는 인식이 강했기 때문에 실력이 아무리 좋아도 적당히 예의를 지킬 줄 아는 모습을 보여야만 했다.

"실수까지는 아니지만, 아무래도 태훈 선배 자존심을 건드렸으니까. 하긴, 뻔히 보이는 볼에 마구잡이로 배트를 휘두른 게 잘못이지만."

누가 봐도 이번 대결은 유인구에 속은 장태훈의 자멸로밖에 보이지 않았다.

분명 지켜본 이들 입장에서 나는 약간 도망가는 피칭을 했고, 거기에 제 성질을 이기지 못하고 장태훈이 달려든 꼴이었다.

내 피칭이 고졸 신인이라면 누구나 보일 수 있는 모습이라면 장태훈은 10년 차 베테랑 선배로서, 고액 연봉자로서의 타격이 전혀 아니었다.

내가 잘했다고 칭찬하기보단 장태훈이 못했다고 결론을 내릴 대결이었다.

"무리한 건 아니지?"

"예. 괜찮습니다."

"태훈 선배가 괜히 억지 부려서 네가 고생했다. 마무리 운동 꼭 하고, 다음에 보자."

"예, 선배님!"

박인수 선배는 포수 장비를 벗기 위해 훈련장 한쪽으로 걸어갔고, 송진욱 코치가 다가왔다.

"일부러 볼을 던진 거냐?"

매의 눈처럼 날카롭게 파고드는 송진욱 코치의 눈초리였다.

"장태훈 선배님의 기세에 눌려서 도망가는 피칭을 했을 뿐입니다."

송진욱 코치의 눈가가 일그러졌다.

마음에 들지 않는 대답을 들은 사람처럼 표정도 좋지 않았다.

"타자를 피하는 투수는 결코 프로 무대에서 살아남을 수 없다."

그렇게 말을 하고 송진욱 코치가 몸을 돌려 버렸다.

"명심하겠습니다."

등을 돌린 송진욱 코치를 향해 그렇게 대답했다.

"그런 좋은 볼을 가졌으면 물러나지 말고 과감하게 던질 줄 알아야 한다."

"네!"

멀어지는 송진욱 코치에게서 시선을 떼곤 마무리 운동을 시작했다.

그 와중에 선배들이 한마디씩 내게 말을 걸었기에 깍듯이 대꾸를 해주느라 생각보다 마무리 운동이 오래 걸리고 말았다.

얼떨결에 땀을 흘리고 말았지만 항상 가방에 여벌의 옷을 가지고 다녔기에 곧바로 샤워실로 향했고, 개운하게 샤워를 하고 집으로 돌아가기 위해 구장을 빠져나가다 강하영과 다시 만났다.

"시간 되면 커피나 한잔할래요?"

"예?"

"혹시 선약이 있나요?"

"그건 아닙니다."

"앞에 괜찮은 카페가 있으니까 거기로 가죠."

앞장서서 걸어가는 강하영의 뒷모습을 바라보다 뒤를 따라 걸었다.

강하영이 안내한 곳은 쉽게 볼 수 있는 대형 프랜차이즈 카페가 아닌 개인 카페였다.

"전 녹차 라떼요."

날 빤히 바라보는 강하영의 모습에 어쩔 수 없이 가방에서 지갑을 꺼냈다.

"녹차 라떼 두 잔 주세요."

지갑에서 현금을 꺼내 계산하고는 이미 자리를 잡고 앉아 있는 강하영의 맞은편에 앉았다.

"자존심 강한 사람의 콧대를 제대로 꺾어놓은 기분이 어때요?"

빙긋 웃으며 물어오는 강하영이었다.

그녀 역시 훈련장에서 있었던 장태훈과의 대결을 지켜본 사람 중 한 명이다.

"장태훈 선배님이 흥분하셔서 제대로 실력 발휘를 못했기에 벌어진 결과일 뿐입니다. 제대로 대결을 벌였다면 제가 이길 수 없었을 겁니다."

내 대답에 강하영은 가만히 날 바라봤다.

송진욱 코치의 눈이 매처럼 날카로웠다면, 강하영의 큰 눈망울은 내 마음속을 고스란히 들여다보는 것 같은 착각이 들었다.

"태훈 오빠가 흥분한 건 사실이지만, 그렇다고 차지혁 선수를 상대로 오빠가 제대로 된 타격을 했을 거라고는 생각하지 않아요. 참고로 태훈 오빠랑 나는 외사촌 지간이에요. 외삼촌 아들이죠."

장태훈의 외사촌 동생이라는 사실에 더욱 조심해야겠다는 경계심이 생겼다.

괜히 긁어 부스럼 만들 필요는 없었기에 이왕이면 이 자리도 빨리 벗어나는 게 안전할 것 같았다.

"오늘 있었던 일은 너무 신경 쓰지 말아요. 태훈 오빠 성격이 좀 그렇기는 해도 10년이나 어린 후배에게 복수를 할 정도로 치졸한 사람은 아니니까. 태훈 오빠는 사실 피해의식이 좀 있어요. 항상 하는 말이 3년만 늦게 태어났어도 메이저리그에서 활약하고 있었을 거라고 하거든요. 하지만 그 말을 믿어주는 사람은 없어요. 고졸 신인 지명 회의 때 실력이 딱히 뛰어나지 않았으니까."

3년.

2015년에 데뷔를 했으니 3년 뒷면 정확하게 2018년, 처음으로 신인 드래프트 시장이 바뀐 해다.

이전까지는 무조건 지명을 받은 구단과 협상권 없이 계약을 해야 했다면, 2018년부터는 지금처럼 3개의 구단과 협상을 벌일 수가 있었다.

계약 총액도 달라졌고, 해외 진출도 한결 쉬웠다.

물론 실력이 있어야만 가능한 일이었지만.

그리고 강하영의 말처럼 장태훈은 프로 입단 후, 첫해에 갑자기 포텐이 터진 케이스였다.

구단의 입장에서는 대박 복권에 당첨된 셈이고, 장태훈 본인도 놀랄 성장이었다.

"2021년도에 메이저리그로 이적을 했으면 되는 일 아닙니까?"

신인 지명 회의는 어쩔 수 없었다 하더라도 2018년도부터 FA제도가 폐지되고 이적시장이 전면 개방되었기에 선수가 원한다면 얼마든지 해외 진출이 가능했다.

국내 최고 타자 중 한 명으로 우뚝 선 장태훈은 해외로 나갈 거라는 예상과는 다르게 국내에 남았고, 180억이라는 거액을 보장받으며 대전 호크스의 유니폼을 입었다.

"오빠도 당연히 그러려고 했죠. 그런데 몸에 문제가 있었어요."

"예?"

전혀 알려지지 않은 이야기다.

"메이저리그의 몇 개 구단과 협상을 진행하던 중 왼쪽 무릎에서 약간의 통증이 있다는 걸 발견했죠. 그걸 메이저리그 구단들이 알아버렸고, 계약 금액이 예상보다 훨씬 떨어졌죠. 자존심이 상한 오빠는 국내 잔류를 선택했고, 큰 부상도 아니고 관리만 잘하면 딱히 문제가 될 일 아니라고 여겼기에 대전 호크스에서 계약을 진행했어요. 오빠도 몸 관리만 좀 신경 쓰면 2년 안으로 다시 메이저리그로 갈 수 있다 여겼던 거죠."

"여전히 통증이 가라앉지 않은 겁니까?"

"작년엔 괜찮았는데, 올해 다시 통증이 느껴진다고 하더라고요."

순식간에 그림이 그려졌다.

크진 않지만, 신경을 거슬리게 만드는 통증 속에서 거액의 이적료를 기록하며 팀의 주축 타자가 되어야 했을 장태훈은 모든 구단들의 견제 속에서도 어떻게든 성적을 내려고 하다 몸 상태가 더 악화되어 자연스럽게 성적이 떨어진 거다.

"이런 이야기를 저한테 하는 이유가 있습니까?"

냉정하게 말해 그건 장태훈의 개인 사정이다.

나와는 아무런 관계가 없는 일이었다.

그리고 자신의 몸 상태를 제대로 관리하지 못한 상황에서 무리하게 경기를 뛴 것 또한 장태훈의 어리석은 선택일 뿐이다.

강하영은 날 빤히 바라보며 대답했다.

"오늘 일을 고맙다고 말하고 싶었어요."

"예?"

"오빠는 여전히 자신이 최고라 여기고 있거든요. 통증 따원 별거 아니라 여기고 있고, 언제든 다시 제 실력을 발휘할 수 있다고 생각하고 있어요. 물론 올해 성적이 워낙 좋지 않아서 겉으로는 아무렇지 않은 척해도 심리적으로 꽤 궁지에 몰렸을 거예요. 그런데 오늘 차지혁 선수를 상대로 자존심이 완전히 꺾였으니 아마 오빠도 많은 걸 느꼈을 거예요. 시즌 중에 상대 투수들에게는 느낄 수 없는 아주 비참한 기분을 느꼈겠죠. 오늘 일을 계기로 오빠가 자신을 다시 한 번 제대로 돌아볼 수 있었으면 좋겠는데, 그건 어디까지나 오빠의 문제고… 어쨌든 이렇게 계기를 만들어준 차지혁 선수에게 고맙다는 말 정도는 해두고 싶었어요."

드르르륵. 드르르륵.

진동벨이 울렸고, 몸을 일으켜 주문한 녹차 라떼를 가져왔다.

"오빠 이야기는 이쯤하고 차지혁 선수는 여자 친구 있어요?"

"없습니다."

"몇 살까지 만날 수 있어요?"

"예?"

"나 스물셋인데, 차지혁 선수는 지금 열아홉이죠? 와~ 우리 궁합도 안 본다는 네 살 차이네요?"

*   *   *

2026년. 20살.

본격적인 프로 선수로서의 생활이 시작되었다.

내가 기억하는 가장 오래된 기억이 하얗고 딱딱한 야구공, 그것도 경식구를 내던지고 노는 것이었다.

글러브와 배트는 항상 머리맡에 있었고, 온통 야구 관련 서적과 잡지, TV와 영화, 심지어 입고 다닌 옷까지 모든 것이 야구로 도배가 되어 있는 성장기였다.

놀이를 빙자한 훈련에 울기도 많이 울었지만 아버지는 어르고 달래며 날 운동시켰고, 어느 순간부터는 습관으로 굳어져 당연하다는 듯 살았다.

그렇게 나는 프로 야구 선수가 되었다.

또래의 친구들이 대학생활, 재수생활, 혹은 갓 사회생활이나 군입대를 준비할 시기에 나는 연봉 1억을 받으며 습관처럼 해오던 운동과 훈련을 하며 여전히 야구할 준비를 했다.

"힘들면 하지 않아도 된다."

초등학교 3학년 때였던가? 아버지가 진지하게 내게 말했다.

힘들면 야구를 하지 않아도 된다고.

아버지의 욕심으로 인해 야구를 시작하게 만들었지만, 정말 하고 싶은 일이 아니라면 그만둬도 괜찮다고.

그때 든 생각은 초등학교에 입학하기 전에 그렇게 말해줬다면 그대로 아버지의 말을 따랐을 텐데, 였다.

이미 습관처럼 굳어져 버린 운동을 하루아침에 그만둘 이유가 없었다.

더 해보겠다고 대답했고, 아버지는 열심히 하라며 날 따뜻하게 안아주셨다.

"중학 선수로 이름을 날리지 못하면 그만 두는 게 낫다. 자신 없으면 지금이라도 그만둬라."

중학교에 입학하고 얼마 지나지 않았을 때, 아버지는 그렇게 말했다.

야구로 성공하는 사람들은 극소수라고.

정말 죽을 각오로 운동을 하지 않을 거라면 지금이 포기할 기회라고.

여기서 더 시간이 지나면 이것도 저것도 아니게 되어버리니 확실하게 각오를 하라고 했다.

말은 하지 않았지만, 아버지의 말이 날 부담스럽게 했다.

명성 중학교에 입학을 하는 바람에 서울에서 전주로 이사를 왔었기 때문이다.

그런 상황에서 어떻게 그만둔다는 소리를 할 수 있을까?

그때부터 정말 죽을 각오로 운동을 했던 것 같다.

"후회하지 않을 자신 있는 거냐?"

국내 신인 드래프트 시장에 등록을 하기 전날, 아버지가 내게 했던 말이다.

아무리 역대급 고교 투수라는 찬사를 받고 있어도 프로 무대는 다르다. 웬만한 성적을 거두지 못하면 메이저리그로 가는 것이 결코 쉽지 않다는 아버지의 말에 난 절대 후회하는 선택이 되지 않겠다고 자신 있게 대답해 주었다.

"네가 내 아들이라 너무 자랑스럽다. 그리고 지금까지 불만 한 번 없이 잘 따라줘서 너무나도 고맙고, 미안하다. 그리고 너무 많이 널 사랑한다, 지혁아."

전지훈련을 떠나려고 짐을 들고 문밖으로 나오자 아버지는 날 끌어안고 그렇게 말하며 울먹이셨다.

처음으로 아버지의 눈물을 봤다.

모든 감정이 고스란히 전해지는 느낌이었다.

자신의 욕심으로 하나밖에 없는 아들을 야구 선수로 키웠을 아버지의 무거운 마음의 짐이 어땠을지 느껴졌다.

따지고 보면 가장 불안하고 초조했을 사람은 아버지였다.

아들의 인생을 망치면 어쩌나? 이런 걱정을 항상 머릿속에 담아 두고 계셨을지 모른다.

그래서였을까? 아버지는 내가 고등학교 때까지 아침마다 함께 운동을 하셨던 것 같다.

"더욱더 자랑스러운 아들이 되겠습니다. 지켜봐 주세요. 그리고 저도 사랑합니다, 아버지."

처음 해본 사랑한다는 말에 심장이 쿵쾅거렸고, 얼굴이 뜨거워져서 서둘러 현관문을 박차고 나와 버렸다.

현관문을 나와 미리 기다리고 있던 택시를 타고 선수단 모임 장소로 향했다.

대전 호크스의 2026년 전지훈련 캠프는 아시아의 하와이라 불리는 일본 오키나와였다.

1월 15일에 오키나와로 이동했다.

한국이라면 한창 추운 겨울이었지만 오키나와의 날씨는 상대적으로 훨씬 따뜻하게 느껴졌다.

아침저녁으로 쌀쌀하다 느껴봐야 영상 10도 아래로 떨어지지 않았고, 한낮에는 영상 25도 이상도 올라갔기에 훈련을 하기에 조금도 불편함이 없었다.

"체인지업?"

"예."

1월 15일부터 3월 6일까지 예정되어 있는 오키나와 전지훈련에서 나는 어떻게든 두 가지 구종을 마스터할 작정이었다.

그중 하나가 바로 체인지업으로 송진욱 코치는 슬라이더

와 체인지업을 굉장히 잘 던졌던 투수로 유명하다.

송진욱 코치를 떠올리면 1999년 완벽하게 제구가 되는 슬라이더만으로 리그를 제패했던 경력이 있는 만큼 슬라이더에 비중을 더 줄 수도 있다.

그럼에도 내가 슬라이더가 아닌 체인지업을 먼저 선택한 이유는 슬라이더보다 부상의 위험이 훨씬 적기 때문이다.

슬라이더의 경우 많이 던질수록 팔꿈치에 무리가 가는 구종이었기에 애초의 계획과는 다르게 최상호 코치의 조언대로 체인지업으로 변경을 하고 말았다.

두 번째로 마스터하고자 하는 구종은 투심 패스트볼이다.

우타자를 상대로 바깥쪽으로 휘어져 나가거나, 좌타자를 상대로 몸 쪽으로 휘어져 들어가는 구종이 없는 나에게 투심 패스트볼은 가장 효과적인 구종이다.

무엇보다 패스트볼 계열인 투심 패스트볼은 제구력만 제대로 갖춰진다면 엄청난 위력을 떨칠 수가 있었다.

투심 패스트볼을 가르쳐 줄 사람은 장철민 투수 코치였다.

올해 64살인 장철민 투수 코치는 현역 시절 엄청난 무브먼트를 자랑하는 투심 패스트볼을 던지는 투수로 유명했다.

제대로 긁히는 날에는 마구라 불러도 좋을 정도로 타자들에게는 재앙과도 같은 투심 패스트볼을 뿌려댔던 장철민 투수였기에 그에게 배울 수 있다는 건 행운이나 다름없었다.

내가 원하는 대로만 훈련이 이뤄진다면 올해 내가 프로 무대에서 던질 수 있는 구종은 포심 패스트볼, 파워 커브, 컷 패스트볼에 체인지업과 투심 패스트볼까지 더해져 총 5가지가 된다.

강력한 포심 패스트볼을 중심으로 투심 패스트볼과 컷 패스트볼로 좌우를 유린하고, 파워 커브와 체인지업으로 타자의 타이밍까지 빼앗는다면 프로 리그에서도 충분히 원하는 성적을 일궈낼 수 있을 것 같았다.

2달도 되지 않는 시간 동안 두 가지의 구종을 마스터하고 기존의 구종들을 더욱 갈고 닦기란 빠듯하겠지만, 많은 돈을 받는 프로 선수가 된 만큼 노력을 게을리할 순 없다 여겼기에 오키나와 전지훈련 동안 난 조금도 여유를 부릴 시간이 없었다.

하지만 이런 내 처지는 전혀 개의치 않는 팀 선배들은 하루가 멀다 하고 훈련이 끝나면 친목 도모라는 그럴싸한 변명을 앞세워 휴식을 방해하기 일쑤였다.

덕분에 하루하루가 지날수록 몸에 피로가 쌓여갔고, 내가 원하는 만큼의 결과를 얻지 못해 신경만 날카로워졌다.

"막내야, 거기 빨리 좀 해놓고 방 정리 좀 부탁한다. 그리고 1시간 후에 현우 방에서 모이는 거 잊지 말고 미리미리 가서 준비 좀 해놔라. 그럼 수고해라!"

룸메이트 장근범 선배가 나간 방에 홀로 남은 나는 오늘 훈련을 하고 나온 빨래들과 정리와는 담을 쌓고 사는 듯 온통 들쑤셔 놓은 방을 바라보며 깊게 한숨을 내쉬고 말았다.

"선배님."

"지혁이 왔구나! 거기 앉아 있어."

정현우.

170㎝의 작은 키에 65㎏으로 호리호리한 체형의 대전 호크스 주전 2루수인 그는 벌써 프로 생활 13년 차였고, 오직 대전 호크스에서만 프로 생활을 해온 프랜차이즈 스타였다.

전형적인 교타자로 내야 안타를 자주 만들어 낼 정도로 빠른 발을 가지고 있었고, 2루 수비에 있어서는 국내 최고 수준이라 불러도 손색이 없었다.

프로 13년 동안 통산 타율 0.287, 출루율 0.372로 항상 팀의 1번이나 2번을 맡고 있었다.

매년 30개를 왔다 갔다 하는 도루 역시 준수한 편이고, 작전 수행 능력이 좋아 언제나 팀의 신뢰를 가장 많이 받는 선수였다.

다만 한 가지 아쉬운 점이라면 몸을 사리지 않는 허슬 플레이(hustle play)를 자주 하는 바람에 매 시즌마다 잔부상을 달고 다녔다.

"도와드리겠습니다!"

몇 명의 선수들이 모여 가볍게 맥주 한 캔 정도를 먹기로 약속한 자리였기에 미리 준비를 해둬야 했다.

편히 앉아 있으라는 현우 선배의 말을 뒤로 흘리며 부지런하게 야식과 차가운 맥주를 보기 좋게 자리에 테이블 위에 깔아 놨다.

"전지훈련은 할 만해?"

10분 정도 시간이 남았기에 현우 선배와 마주 앉아 대화를 시작했다.

올 시즌부터 주장이 된 현우 선배는 자상한 성격에 친화력이 좋아 대부분의 선수들과 가깝게 지냈다.

하지만 경기에 있어서만큼은 국내 제일의 악바리라 불러도 좋을 정도로 파이팅이 넘쳤기에 아무리 친하더라도 경기에서 집중하지 못하고 설렁설렁 움직이는 선수가 보이면 경기가 끝나고 무섭게 야단을 치는 면도 있었다.

"예! 재밌습니다!"

"나도 처음 프로 입단을 계약하고 첫 전지훈련 때는 정말 재밌었지. 물론 선배들 눈치 보고 잡일까지 같이 한다고 꽤 고생하기는 했지만."

옛 기억을 떠올리며 웃는 현우 선배였다.

지금도 그렇지만, 13년 전에도 현우 선배처럼 체격이 작은 선수는 결코 흔하지 않았다.

운동선수에게 체격은 굉장히 중요한 조건이었으니 작은 체격의 현우 선배가 얼마나 노력을 했을지 묻지 않아도 뻔히 알 수 있었다.

이번 전지훈련에서도 현우 선배가 훈련하는 모습을 보고 있으면 나조차도 고개가 저어질 정도였다.

수비, 주루, 타격 모든 훈련을 그 누구보다 열성적으로 하는 사람이 현우 선배였다.

"올 시즌 팀 에이스로 활약할 준비는 됐지?"

"예? 제, 제가 무슨 에이스까지… 전 그냥 선발의 한 축만 맡아도 다행이라 여기고 있습니다."

"내 앞에서 겸손 떨 거 없어. 솔직히 까놓고 말해서 우리 팀에서 지혁이, 너 정도 구위 가진 투수가 몇이나 될 것 같아?"

"작년 시즌도 훌륭하게 팀 에이스로 활약하신 오주영 선배님도 계시고, 김현기 선배님도 그렇고, 민혁준 선배님, 박성진 선배님……."

내 말을 현우 선배가 단박에 잘라 버렸다.

"우리 팀 투수들 이름 줄줄이 다 나오네! 얌마, 주영 선배는 이제 한물갔지! 나이가 벌써 몇이냐? 패스트볼 구속도 겨우 140㎞ 중후반에다 시즌 후반기로 들어서니까 헉헉대면서 마운드 위에서 공 던지는데 정말 안쓰럽더라!"

"현우야, 너무 그러지 마라. 너도 내 나이 되면 도루 개수부터 곽곽 줄어든다!"

"어이쿠! 우리 팀 부동의 에이스 오주영 선수 아니십니까?"

현우 선배가 호들갑스럽게 오주영 선배를 향해 인사를 했다.

작년 시즌 15승을 달성하며 대전 호크스의 에이스 역할을 톡톡히 해낸 오주영 선배였지만, 사실상 깜짝 활약이었다.

올해 36살이라는 적지 않은 나이가 문제였다.

10년 전만 하더라도 150㎞ 중후반의 강속구를 뿌려대던 오주영 선배였지만, 나이가 들면서 자연스럽게 떨어지는 구속을 막을 수가 없었다.

작년 시즌 빈약한 타선에도 불구하고 15승을 거둔 것도 정교해진 제구력 덕분이지 구위가 좋았던 것도 아니었다.

무엇보다 현우 선배의 말처럼 시즌 막판에는 체력까지 떨어지면서 유일한 무기였던 제구력이 흔들려 3경기나 4회를 넘기지 못하고 강판을 당했으니, 올 시즌 에이스로의 역할을 기대하기란 쉽지 않은 일이었다.

"운동선수는 세월 앞에 장사 없다. 나중에 현우 너도 나이 들어 성적 하락하면 내가 뒤에서 열심히 씹고 다닌다."

"아니 어떤 시키가 우리 팀 에이스를 나이 들었다고 무시했습니까? 형 아직 팔팔하잖아요? 자다 일어나서 던져도 150㎞는 그냥 찍어주죠? 캬하~ 올 시즌에도 부동의 에이스로 15승은 거뜬하겠네! 안 그러냐, 지혁아?"

"어떤 시키? 너 이 시키다! 지혁아, 너도 조심해라. 실수하면 가장 먼저 뒷담마 까고 다닐 놈이 바로 정현우라는 인간이다. 적당히 거리를 두고 다녀. 저런 놈이 제일 음흉한 놈이야."

오주영 선배의 말에 현우 선배가 재빨리 맥주를 건넸다.

치익~ 탁!

"자자~ 우리끼리 먼저 한 모금 마시죠? 아~ 목 타네!"

"왜? 또 누구 뒷담마 깔려니까 벌써부터 목이 마르냐?"

"에헤이~ 주영이 형! 사람이 나이가 들면 인자해져야죠! 나이 들어서 꽁해 있으면 그것보다 보기 싫은 거 없습디다. 사람은 나이를 먹는 만큼 둥글게, 둥글게 살아야죠! 하하하!"

"이 시키가 진짜!"

현우 선배는 날아오는 주먹을 슬쩍 피하며 익살스럽게 웃었다.

"어휴! 저 얄미운 놈!"

"그래도 내가 작년에 형 타구 얼마나 많이 잡아줬어요? 알죠? 형 선발로 등판했을 때 내가 진짜 몸이 부서져라 날려대며 안타성 타구 잡아준 거? 우리 팀에서 나보다 형 많이 생각해 주는 사람 있으면 어디 한 번 나와 보라고 해요!"

현우 선배의 말에 오주영 선배도 이내 졌다는 듯 고개를 절레절레 저으며 현우 선배가 건네는 맥주를 낚아채곤 시원하게 한 모금 들이켰다.

"지혁아, 너도 한잔해. 너 술은 마셔봤지?"

현우 선배의 물음에 나는 손에 들린 차가운 맥주캔을 만지작거렸다.

"아직……."

"이놈 시키! 운동선수가 맥주 한 캔도 안 마셔봤단 말이야? 오늘 맥주의 참맛을 느끼게 해주마!"

"운동선수가 술 마셔서 뭐 좋다고 그걸 가르치려고 하냐?"

"맥주 한 캔 정도는 마실 줄 알아야죠! 선발 승 먹고! 맥주한 캔 먹고! 캬아~ 이게 사람 사는 재미 아닙니까? 자자, 한모금 쭈욱 마셔봐. 속이 시원해진다!"

현우 선배의 말에 태어나서 처음으로 맥주를 마셨다.

지금까지 마셨던 그 어떤 음료보다도 시원했다.

정말 속이 시원하고 개운해지는 기분이 들었다.

"어때? 죽이지? 여름에 경기 끝나고 차가운 맥주 한 모금이 얼마나 꿀맛인지 너도 이제 느낄 때가 됐지!"

"예!"

"자자, 마셔! 마셔!"

맥주캔으로 건배를 하고 다시 한 번 시원한 느낌을 맛보기 위해 꿀꺽꿀꺽 맥주를 마셨다.

그 이후는 생각이 나질 않았다. 거짓말처럼 기억이 끊겨 버렸다.

얼핏 소란스러운 목소리에 다시 기억이 돌아왔지만, 이내 꼼짝도 하지 않고 자는 척해 버렸다.

"지혁이 저 시키가 맥주 한 캔 먹고 뻗어버리네! 공만 빠르게 던질 줄 알았지 맥주도 못 마시는 쑥맥이야! 저래서 어디 사회생활이나 제대로 하겠어? 보나 마나 연애도 제대로 해본 적 없을 거야! 어쩌면 여자 손도 못 잡아 봤을지도 모르지! 푸하하하하!"

현우 선배, 그렇게 제 뒷담마 까면 즐겁습니까!

Chapter 4

"투심 패스트볼의 핵심은 누가 뭐라고 해도 제구력이네. 투심 패스트볼은 절대 쉽게 던질 수 있는 구종이 아니야. 어설프게 제구력을 잡았다가는 타자에게 잡아먹히기 딱 좋은 구종 중 하나지."

장철민 투수 코치는 손 안에 들린 공을 이리저리 굴리며 말을 이었다.

"투심 패스트볼의 제구력을 잡을 수 있는 방법은 단 하나밖에 없네. 어깨가 빠져라 던지는 수밖에 없어. 저번에 설명을 했다시피 투심 패스트볼은 바람과의 마찰이 크기 때문에 자연스럽게 공의 무브먼트 또한 클 수밖에 없으니 지속적으로 던져서 감각을 찾는 방법밖에 없네. 참고로 나는 투심 패스트볼의 제구력을 갈고닦기 위해 하루에 200개 이상씩 던졌지."

200개.

말이 200개지 진짜로 하루에 200개씩 공을 던지면 몸에 엄청난 과부하가 걸려 자칫 부상으로 번질 위험성이 있다.

"물론 자네에게 하루에 200개나 되는 공을 던지라고 할 생각은 전혀 없네. 이미 국내에선 손에 꼽히는 포심 패스트볼과 파워 커브에 컷 패스트볼까지 갖추고 있는데 굳이 무리해서 투심 패스트볼 하나 때문에 몸을 망칠 순 없지 않은가? 하지만 정말 투심 패스트볼을 던지고 싶다면 꾸준하게 던지면서 자네만이 느낄 수 있는 특유의 감각을 찾아야만 하네."

"알겠습니다."

투심 패스트볼의 제구력을 정복하는 일은 생각보다 오랜 시간이 걸릴 것 같았다.

그렇지 않아도 한창 연마 중인 체인지업도 뜻대로 되지 않고 있었는데, 투심 패스트볼까지 익혀야 하니 아무래도 올 시즌 전반기 내에는 경기에서 써먹지 못할 가능성이 다분해 보였다.

당장 체인지업과 투심 패스트볼의 위력은 나쁘지 않았다.

문제는 경기 중에 결정구로서의 확신을 갖고 과감하게 던질 수 없다는 사실이다.

조금만 어긋나면 대형 사고로 이어질 수 있었기에 섣부르게 접근하지 않기로 마음을 다독였다.

투수는 하나의 구종을 익히기 위해 굉장히 많은 시간과 노력을 들여야만 한다.

무척이나 고된 일이다.

파워 커브와 컷 패스트볼도 각각 1년이라는 시간 동안 공을 들여 겨우 내 것으로 만들었으니 몇 개월 만에 체인지업과 투심 패스트볼을 마스터하겠다는 건 사실상 말도 안 되는 계획이며, 순전히 내 욕심인 거다.

그저 되는대로 지속적으로 몸에 익히는 수밖에 없다.

끊임없이 던지다 보면 손끝에 감각이 걸리는 시점이 있는데, 그 감각은 내 몸이 받아들일 준비가 되었다는 뜻이고, 그때부터는 집중해서 꾸준히 연습하면 원하는 수준만큼 숙달된 제구력을 갖출 수가 있게 된다.

"참, 요즘 자네의 투구 밸런스가 미묘하게 어긋나는 것 같더군. 아마도 새로운 구종을 익히면서 몸의 균형이 살짝 비틀린 것 같으니 그 부분부터 바로잡게. 초기에 바로잡지 못하면 몸에 고착화되어 타자들에게 어떤 구종을 던질지 모두 드러내 놓는 꼴이니 반드시 고쳐야만 하네."

뜻밖의 말에 절로 인상이 찌푸려졌다.

"밸런스가 흔들린다는 말씀이십니까?"

장철민 투수 코치는 고개를 끄덕였다.

"그렇게 보이더군. 전체적인 밸런스 문제는 아니고 릴리스하는 순간 팔꿈치와 손목에 살짝 변화가 있더군. 아직까지 크게 눈에 띄는 건 아니지만, 투수의 몸이라는 게 한 번 균형이 깨지기 시작하면 걷잡을 수 없을 정도로 크게 변화하기 때문에 발견 즉시 수정을 하는 게 최선이네. 자칫 방치했다가는 다른 구종들의 제구력까지 몽땅 날아가 버리는 수가 있네."

"아……."

투구 밸런스가 흔들린다는 건 꽤나 심각한 문제다.

장철민 코치의 말대로 던지는 구종에 따라 미묘하게 차이가 생겨나니 타자들에게 간파당하기 좋았고, 제구력에서도 문제가 생겨날 수밖에 없어진다.

제구력이라는 것 자체가 반복적인 습관을 통해 잡히는 부분인데, 균형이 깨지면 당연히 문제가 생길 수밖에 없다.

제구력이 흔들리면 투수는 정신적으로도 위기에 빠지고, 그때가 되면 소위 말하는 슬럼프에 들어서게 되는 거다.

보통의 슬럼프는 단기적인 증상에 불과하지만 운이 나쁜 경우 장기적으로 발전할 수도 있고 무엇보다 무리하게 슬럼프를 극복하려다가 선수 생명 자체가 완전히 망가지는 최악의 경우도 있었으니 굉장히 조심해야 할 일이다.

"양천임 분석원에게 말을 하면 카메라로 투구 영상을 세분화시켜 확인할 수 있으니 우선 그것부터 확인하고 무엇이 다른지 자네가 직접 깨닫는 게 좋을 거네. 달라진 점을 찾을 수 없다면 내게 말하도록 하고."

장철민 코치는 이윽고 다른 투수에게로 향했다.

투수 코치는 두 사람인데 전지훈련에 참석한 투수는 15명이 넘으니 확실히 선수들보다 더 바쁜 사람은 코치들이었다.

그리고 그건 투수 코치뿐만 아니라 타격 코치, 주루 코치, 배터리 코치, 트레이닝 코치들까지 마찬가지였다. 사실상 전지훈련 캠프에서 가장 바쁜 이들을 꼽으라면 그건 코치진과 영상실 분석원들이다.

체인지업과 투심 패스트볼의 제구력을 잡는 것도 중요했지만, 당장 투구 밸런스가 흔들리는 걸 잡는 것이 우선이었기에 훈련장 한쪽에 마련되어 있는 영상실로 향했다.

"차지혁 선수?"

문이 열리며 삼십 대 초반의 양천임 영상 분석원이 반갑게 맞이해 주었다.

"제 투구 영상을 확인할 수 있다고 해서 왔습니다. 지금 볼 수 있겠습니까?"

"물론입니다! 들어오세요."

영상실로 들어가니 이미 한 명의 선수가 노트북 화면을 뚫어져라 쳐다보고 있었다.

노트북이 애들 장난감처럼 보이는 거구의 선수, 장태훈이었다.

장태훈은 내가 들어왔는지도 모를 정도로 노트북 화면만을 바라보고 있었다.

총 4개로 분할되어 있는 노트북 화면에는 전후좌우에서 찍힌 장태훈의 스윙 모습이 아주 느린 속도로 재생되고 있었다.

"이쪽으로 앉으세요."

양천임 분석원은 다른 노트북이 설치되어 있는 테이블로 날 안내했다.

내가 자리에 앉자 그는 곧바로 노트북을 능숙하게 만지더니 내 투구 영상을 보여주기 시작했다.

"장철민 투수 코치님이 그렇지 않아도 차지혁 선수가 찾아오게 될 거라면서 준비해 둔 영상이 있습니다. 다른 영상도 있으니 언제든 말만 하세요. 하나의 화면만 집중적으로 보시려면 화면을 클릭하면 됩니다. 궁금하거나 의문스러운 점 있으시면 말하세요."

양천임 분석원은 자신의 자리로 돌아가 하던 일을 하기 시작했고, 나는 노트북에서 재생되는 4개의 화면을 바라봤다.

가장 먼저 눈에 들어온 화면은 정면에서 찍은 영상으로 화면 속의 내가 아주 천천히 와인드업을 하고 공을 던지고 있었다.

영상 분석이야 고등학교 시절부터 최상호 코치와 함께 지겹도록 봐왔던 일이라 아주 익숙했다.

"아!"

단번에 장철민 코치가 했던 말이 무엇을 뜻하는지 알 수 있었다.

내 투구 폼은 오버핸드스로(overhand throw)와 스리쿼터스로(three quarter throw)의 중간 정도였다.

딱히 분류를 하자면 스리쿼터라 불리겠지만, 중학교 3학년 때까지만 하더라도 정통 오버핸드로 최대한 높은 위치에 릴리스 포인트를 두고 공을 내리꽂았었다.

강력한 포심 패스트볼을 던지기엔 오버핸드보다 좋은 자세가 없었다.

그러던 것이 최상호 코치와 레슨을 시작하면서 부상 방지와 다양한 구종을 조금 더 편안하게 던질 수 있도록 서서히 투구 폼을 교정하다 보니 지금과 같은 투구 폼이 완성된 것이다.

스리쿼터보다는 팔의 각도나 릴리스 포인트가 높은 것이 특징이었고, 무엇보다도 공을 쥔 왼손을 타자의 시야에 최대한 노출시키지 않았기에 투구 폼의 변화가 생기지 않는 이상 어떤 구종의 공을 던지는지 예측이 불가능했다.

"투구 폼만으로도 넌 이미 타자와의 수 싸움에서 월등하게 유리한 위치에 놓여 있는 셈이다. 모든 투수들이 가장 이상적으로 생각하는 투구 폼이지."

최상호 코치는 프로 선수들 중에서도 나만큼 공을 최대한 숨기는 투수는 많지 않다고 칭찬을 해주었다.

그런데 노트북 화면에서 보이는 나는 공을 쥐고 있는 왼손의 팔꿈치와 손목이 조금 일찍 뒷머리에서 튀어나오고 있었다.

다른 사람들이라면 그냥 모르고 지나칠 일이었지만, 수년 동안 쉬지 않고 나만의 투구 폼을 봐왔던 내 눈엔 단번에 보였다.

차이점이 어디서 발생되는지 알 수도 있었다.

"체인지업?"

포심 패스트볼과 똑같이 투구를 해야 하는 체인지업이 오히려 투구 밸런스를 미묘하게 흩트려 놓고 있었다.

이해할 수 없는 일이었지만, 눈앞의 결과가 그랬다.

체인지업의 관건은 포심 패스트볼과 똑같이 던져야 한다는 점이다.

자세, 릴리스 포인트까지 포심 패스트볼과 체인지업은 같아야만 했다.

공을 쥔 그립만 다를 뿐, 누가 봐도 같은 투구 폼을 지니고 있어야 한다.

다른 사람들이 보기엔 큰 차이가 아니겠지만, 예민한 투수의 몸을 생각한다면 이 작은 미묘함이 어떤 식으로 파장을 몰고 올지 예측이 불가능했기에 최대한 문제점을 찾아내서 보완을 해야만 했다.

여러 각도에서 찍은 영상들도 차례로 심층 분석을 했다.

다른 건 다 달라지지 않았는데 투구 직전 릴리스 포인트로 가져오는 과정에서 확실히 왼손이 일찍 튀어나왔다.

이유가 무엇일까 생각을 하던 중, 의외의 음성이 날 흔들어 놨다.

"저런 식으로 힘을 주면 체인지업의 각도 변화가 더 커지는 건가?"

갑작스런 음성에 고개를 돌리니 장태훈이 내 영상을 빤히 지켜보고 있었다.

"선배님."

몸을 일으키려고 하자 장태훈이 됐다며 손을 저었다.

대결 이후, 장태훈과 말을 섞은 적이 없었다.

실내 훈련장엔 나타나지도 않았고, 전지훈련에서도 투수와 타자는 각기 따로 훈련을 받기에 딱히 어울릴 상황도 만들어지지 않았다.

야수 전체 훈련이나 자체 청백전 등의 일정은 아직 멀었고, 장태훈은 전지훈련 내내 미친 듯이 타격 훈련에만 매진하고 있었기에 선배들 입에서도 올해는 장태훈이 독기를 품었다고 할 정도였다.

"역시 메이저리그 1라운드 지명은 아무나 받는 게 아닌 모양이군."

이전과 비슷한 말투였지만, 듣는 입장에서는 확연하게 달라진 게 느껴졌다.

인정하고 있다.

장태훈은 나를 확실하게 인정하고 있었다.

어떤 식으로든 장태훈의 심적 변화가 이뤄졌다는 걸 느낄 수 있었다.

"그렇지 않아도 무지막지한 포심 패스트볼을 던지는 놈이 체인지업까지 저렇게 각도 변화가 심하면……."

고개를 절레절레 내저으며 등을 돌리는 장태훈이었다.

'각도 변화가 심하다고?'

체인지업은 타이밍을 빼앗은 공이지, 각도 변화를 중요시 여기는 공이 아니다.

그런데 장태훈은 내가 던지는 투구 영상을 보며 각도 변화가 크다고 했다.

그 이전에는 힘을 준다고도 했다.

재빨리 투구 영상을 뒤로 돌려 확인했다.

"아!"

포심 패스트볼과 똑같이 던져야 한다고 생각하면서도 더 완벽하게 구속을 줄이기 위해 나도 모르게 투구 직전 과도하게 힘을 주고 있었던 거다.

그 작은 차이가 조금 더 일찍 손이 튀어나오도록 만든 것이고, 그 결과 내가 던지는 체인지업은 구속의 변화보다도 각도의 변화에 더 큰 차이를 보이고 있었다.

물론 구속과 각도 모두 변화가 심하면 그보다 좋은 체인지업도 없다.

그러나 투구 밸런스를 붕괴시키면서까지 체인지업을 던질 이유는 없었다.

발견하기 쉽지 않은 문제를 의외로 타자인 장태훈으로 인해 알게 되었다.

곧바로 영상실을 뛰어나가 멀지 않은 곳에서 걸어가고 있는 장태훈에게 달려갔다.

"태훈 선배님!"

내 부름에 장태훈이 걸음을 멈추고 날 돌아봤다.

"감사합니다!"

고개를 꾸벅 숙였다.

장태훈은 살짝 인상을 찡그리며 뭐하는 짓이냐는 듯 날 바라봤다.

"선배님 덕분에 신경 쓰이던 문제를 해결할 수 있게 되었습니다. 다시 한 번 감사합니다!"

"내가 뭘 어떻게 도왔는지 모르겠지만, 도우려고 한 일이 아니니까 그렇게 두 번씩이나 인사를 할 필요 없다. 그리고 너도 느끼고 있겠지만, 난 너 싫어. 그러니까 되도록 가까운 척하지 마라."

대놓고 싫다고 말을 하는 장태훈이었다.

싫다는 사람에게 계속 치근거릴 정도로 넉살이 좋지 않았기에 돌아서서 걸어가는 장태훈의 뒷모습을 바라보다 미련 없이 영상실로 다시 돌아갔다.

쇄애액—!

퍼엉!

포수 미트에서 들려오는 파열음이 기분 좋게 울려 퍼졌다.

"어떻게 보셨습니까?"

뒤에 서 있던 장철민 투수 코치는 내 물음에 인자하게 웃으며 고개를 끄덕였다.

"완벽하게 고쳐졌네."

"그렇습니까?"

"예전처럼 다시 자네만의 완벽한 균형 있는 투구 밸런스를 되찾았네. 대단하군. 불과 며칠 만에 정상으로 돌려놓다니 말이야."

말은 하지 않았지만, 흔들린 균형을 다시 바로잡기 위해 매일 밤마다 쉐도우 피칭을 천 개 이상씩 해야만 했다.

그나마도 초기에 발견했기에 며칠 만에 수정을 할 수 있었지, 만약 전지훈련 내내 모르고 지나갔다면 몇 달을 죽어라 고생해야 했을 일이었다.

고생만 하면 다행이다.

시즌이 시작되면 경기력에도 큰 지장을 주게 되니 끔찍한 프로 데뷔가 될 뻔했다.

"코치님께서 조기에 발견하지 못하셨다면 이렇게 쉽게 고칠 수 없었을 겁니다. 감사합니다."

"코치인 내가 당연히 해야 할 일이네. 그보다 투구 밸런스가 더 좋아졌는지 체인지업의 위력도 훨씬 좋아졌네. 제구력도 이전보다는 나은 것 같고. 이 정도의 구위에 제구력이라면 전지훈련을 마칠 때쯤이면 웬만큼 경기에서 던질 수 있는 수준이 될 것 같네."

"모두 코치님 덕분입니다."

투구 밸런스가 맞춰지면서 구위는 한층 좋아졌지만, 여전히 제구력은 제대로 잡히질 않았기에 아무리 주변에서 괜찮다, 던져도 된다고 말을 하더라도 올 시즌 전반기 동안은 절대 시합 중에 던지지 않겠다 다짐을 한 상태였다.

"지혁아! 감독님이 찾으시더라. 가봐라."

팀 외야수인 김추곤 선배의 말에 나는 곧바로 장철민 투수 코치에게 가볍게 인사를 하고는 감독실로 향했다.

"찾으셨다고 들었습니다."

"그쪽에 앉게나."

감독 맞은편에 앉았다.

백유홍.

올해 63세로 올 시즌 처음으로 대전 호크스의 감독직을 맡은 사람이다.

선수 시절의 커리어는 별 볼 일 없는 사람이지만, 지도자로서는 훌륭한 커리어를 쌓고 있었다.

1군과 2군을 왔다 갔다 하던 선수 시절, 도저히 선수로서는 성공할 수 없다고 판단을 내린 그는 서른이 되던 해에 일찌감치 선수 생활을 은퇴하고 곧바로 미국행 비행기를 타고 메이저리그에 뛰어들었다.

이렇다 할 인맥도 없는 미국 메이저리그에서 바닥부터 시작해 21년 만에 실력을 인정받아 수석 코치의 자리까지 올랐다.

고작 1달이었지만 감독이 성적 부진으로 해고가 되면서 감독 대행으로 메이저리그 팀을 이끈 경험도 있다.

당시 한국인 최초의 메이저리그 감독이라며 국내 언론이 꽤나 시끄럽게 떠든 적도 있었다.

물론 정식 감독도 아닌 감독 대행으로 시즌 후반기 1달이 전부였지만.

이후로도 수석 코치로 일을 하다 국내 대학팀에서 감독직을 맡아달라는 권유에 길었던 미국 생활을 끝내고 한국으로 돌아왔다.

이후 2년 만에 하위권을 맴돌던 대학팀을 우승시키는 저력을 발휘한다.

그렇게 대학팀에서 4년을 보내는 동안 2번이나 우승을 하는 뛰어난 지도력을 발휘하면서 강북 바이킹스의 지휘봉을 잡게 된다.

리그 하위권을 맴돌던 강북 바이킹스마저 3년 만에 우승팀으로 변화시키고 2연패를 달성하며 그 능력을 확실하게 각인시켰다.

이후로도 리그 상위권을 유지하다 재작년 건강에 문제가 생겨 감독직에서 스스로 물러나 요양을 하던 그를 대전 호크스에서 간곡하게 설득해 올 시즌과 내년 시즌까지 사령탑으로 세우게 된 것이다.

"몸은 어떤가?"

"좋습니다."

씩씩한 내 대답에 백유홍 감독이 만족스럽게 웃었다.

웃는 모습이 특정 패스트푸드 기업의 상징과도 같은 할아버지와 굉장히 비슷하게 보였다.

체격 또한 상당히 크고 좋았기에 더욱더 그런 느낌이 들었다.

"열흘 후에 주니치 드래건즈와 친선 경기가 잡혔는데, 그때 선발로 나설 수 있겠나?"

"예? 제가 말입니까?"

"팀에서 가장 확인하고 싶은 선수는 당연히 자네니까."

이해는 갔다.

작년 시즌에 에이스 역할을 했던 오주영이나, 12승을 달성했던 2선발 김현기 등의 기존 선발진들은 확실히 백유홍 감독의 눈에 익은 투수들이었다.

그러니 그들보다 날 먼저 시험대에 올려 프로 무대에서 얼마나 활약을 할지 판단해 보고 싶다는 심정이 충분히 이해가 갔다.

"내가 메이저리그에 오래 몸을 담아왔다는 건 알고 있나?"

"예. 알고 있습니다."

"메이저리그는 정말 대단한 리그네. 20년이 넘도록 메이저리그를 경험하다 국내로 돌아와서 느낀 감정이 무엇인지 아나?"

"모르겠습니다."

"수준 이하. 딱 그것뿐이었네. 나 역시 국내 1군과 2군을 왔다 갔다 하며 별 볼 일 없는 선수 생활을 10년 가까이 해왔지만, 메이저리그를 경험하고 오니 국내 리그의 수준이 정말 형편없다는 걸 깨달았지. 물론 그런 국내에서 실패한 내가 할 말은 아니겠지."

쓸쓸한 미소가 백유홍 감독 입가에 맴돌았다.

"하지만 지도자로는 성공하고 계시질 않습니까?"

"그렇게 생각해 주니 고맙네. 내가 이런 말을 한 이유가 궁금하겠지? 자네는 메이저리그 1라운드 지명으로 구단과 계약을 하는 루키 선수들이 어느 정도의 가치를 가지고 있는지 알고 있나?"

"대충 이야기는 들었습니다."

"1라운드 지명 루키 선수들은 위대한 재능을 갖춘 선수들이네. 국내 선수들은 인정하기 싫겠지만, 재능만 놓고 봐도 국내 선수들 중 그 누구도 따라올 수가 없네. 스펙 또한 마찬가지네. 당장 국내 무대에 데뷔를 한다 하더라도 상당히 훌륭한 성적을 거둘 테지."

말을 하는 백유홍 감독의 음성엔 확신이 가득했다.

절대적인 믿음이라고 해도 좋았다.

메이저리그를 21년간 경험하고 국내 무대도 경험한 사람이니 단순한 주관적인 견해로만 치부하기 힘들었다.

"그래서 난 자네에게 거는 기대가 아주 크네. 부담이 되겠나?"

"모두가 절 어떤 시선으로 바라보는지 잘 알고 있습니다. 감독님도 그중 한 사람이라 생각하고 있습니다."

부담? 없을 수가 없다.

그렇다고 부담감에 위축될 이유는 없다.

잘난 체하긴 싫지만, 중학교와 고등학교 시절부터 항상 느껴왔던 감정들이다.

이제와 새삼스럽게 부담감 따위에 흔들릴 이유가 없었다.

난 내가 할 수 있는 야구만 하면 된다.

"다행이군. 자네는 국내 무대를 대전 호크스에서만 끝낼 생각이겠지?"

계약 내용만 봐도 충분히 예상이 가능한 일이라 순순히 고개를 끄덕였다.

"그렇습니다. 대전 호크스와의 계약 기간 내에 메이저리그로 갈 생각입니다."

"재능이야 충분하고도 넘치고, 남은 건 성적이군. 이번 친선 경기에서 확실하게 자네의 능력을 발휘하게. 그럼 이번 시즌 1선발이나 2선발 자리에 자네를 고려해 보겠네."

1선발, 2선발이라는 소리에 깜짝 놀라서 백유홍 감독을 바라봤다.

그의 말처럼 내 재능과 스펙이 국내에 어울리지 않는다 하
더라도 고졸 신인 선수라는 사실에는 변함이 없다.

무엇보다 국내에서 날 1선발이나 2선발로 내세웠을 때 호
의적인 시선보다는 부정적인 시선이 더 클 것 또한 변함없는
사실이다.

물론 몇 번 선발로 세웠다가 만족스러운 성과를 내지 못하
면 얼마든지 보직을 변경할 수도 있다지만, 그러기엔 백유홍
감독이 떠안아야 할 리스크가 너무 컸다.

당장 고졸 신인을 1, 2선발로 내세우면 기존 투수조 전체의
불만이 커진다.

그런 상황에서 백천홍 감독이 자신의 선택이 잘못됐다는
걸 깨닫고 기존 투수들을 위로 끌어 올린다 한들 불만은 사그
라지지 않고, 오히려 감독에 대한 신뢰만 깨지게 되니 팀 전
체의 성적이 좋게 나올 리가 없다.

"그렇다고 단 한 경기만으로 자네에 대한 모든 평가가 끝났
다고는 생각하지 말게. 이번 전지훈련 기간 내에 자네는 2번
정도 친선경기에 등판할 예정이고, 이후 시범 경기에서도 짧
게나마 자네의 실력을 확인할 거네. 이런 이야기를 미리 해두
는 건, 자네의 뜻을 나는 적극 지지하고 있으니 확실하게 내
도움을 받고 싶다면 어떤 경기든 허투루 임하지 말라는 걸 말

해주고 싶은 것뿐이네."

"감사합니다."

감독이 날 지지해 준다니 내 입장에서는 확실히 천군만마를 얻은 느낌이었다.

구단주와 단장의 힘이 아무리 크더라도 선수 기용만큼은 감독 고유의 절대 권력이다.

아무리 구단주와 단장이 압력을 가해도 감독이 고집을 부려 버리면 끝이니, 감독이 날 도와주겠다는 건 분명 엄청난 희소식이다.

"좋은 경기력으로 내 결정에 확신을 심어주길 기대하겠네."

백유홍 감독의 말에 나는 자신 있게 대답을 하고 방을 나왔다.

비공식이지만 프로 선수로서 첫 경기가 열흘 후라 생각하니 등판 일에 맞춰 컨디션 조절과 체력 관리에 들어가야만 했다.

*　　　*　　　*

"비공개 친선경기라니."

CBC 인터넷 스포츠 기자 차동호는 한껏 기대를 품었던 일이 뜻대로 풀리지 않자 얼굴을 찌푸렸다.

다른 사람도 아니고 오늘 선발로 예정된 선수가 차지혁이었다.

비공식이라지만 고교 졸업 후 첫 번째 프로 데뷔 무대였기에 차동호는 대전 호크스와 주니치 드래건즈의 친선경기가 잡혔다는 소식에 부장을 졸라서 오키나와까지 날아왔다.

그런데 경기 당일, 갑작스럽게 비공개로 경기를 한다는 대전 호크스 측 프론트의 말은 차동호 입장에서는 마른하늘의 날벼락이나 다름없었다.

경기장 주변만 맴돌던 차동호의 눈에 익숙한 얼굴이 들어왔고, 그의 얼굴을 확인하는 순간 환하게 미소가 지어졌다.

"키와구치!"

"응? 자네가 여긴 무슨 일… 아! 대전 호크스와 주니치 드래건즈의 친선경기를 취재하러 왔군!"

일본 요미우리신문 스포츠 기자인 키와구치의 말에 차동호가 그렇다며 고개를 끄덕였다.

"그런데 비공개라는군."

"주니치 쪽에서 비공개를 요구했다고 하더군."

"주니치가 왜?"

"오늘 선발 라인업으로 만약 패배라도 한다면 자존심이 상하니까 그렇겠지."

말을 하는 키와구치는 은근히 주니치가 망신을 당했으면 하는 표정이었다.

그도 그럴 것이 요 몇 년 동안 한신 타이거즈보다도 더욱더 요미우리 자이언츠의 앙숙이 되어버린 주니치 드래건즈였으니 요미우리신문 스포츠 기자인 키와구치 입장에서는 대전 호크스에게 주니치가 패배하는 것만큼 통쾌한 일이 없었다.

"설마 친선경기를 베스트로 꾸리기라도 한다는 소리야?"

"용병들이 빠지기는 했지만, 작년 클라이맥스 시리즈의 멤버로 라인업을 짰다고 하더군."

"정말?"

차동호는 믿을 수 없다는 표정으로 키와구치를 바라봤다.

"나도 솔직히 좀 놀랐지. 고작 친선경기에 베스트 라인업을 짰으니 말이야."

그게 다 차지혁 때문이라는 걸 차동호는 느낄 수 있었다.

근 7~8년 동안 일본 프로 야구 센트럴리그에서도 3위 밑으로 내려간 적이 없는 주니치 드래건즈에게 대전 호크스는 한 수 아래의 팀이나 다름없었다.

그런 대전 호크스를 상대로 베스트 라인업을 가동한다는 건 일본에서도 차지혁에 대한 관심이 굉장히 높다는 의미로밖에 보이지 않았다.

'미치겠군! 이런 게임을 놓치면 두고두고 아쉬울 텐데!'

차동호는 기자 이전에 야구팬의 한 사람으로서 오늘 경기를 꼭 보고 싶었다.

"키와구치, 부탁이 하나 있는데 말이야… 꼭 들어줬으면 좋겠어."

*　　　　*　　　　*

마운드 위에서 능수능란하게 공을 던지는 일본인 투수.

마츠 타카야. 주니치 드래건즈의 에이스로 작년 시즌 19승을 거두며 에이스로서의 위용을 과시했고, 무엇보다 프로 데뷔 6년 만에 2번이나 사와무라상을 수상하며 일본 최고의 에이스로 확실하게 자리를 잡은 투수가 바로 마츠 타카야다.

"미쳤네! 미쳤어! 친선경기에 마츠 타카야가 왜 나오는 건데? 에이스를 너무 막 굴리는 거 아냐?"

양학준 선배의 말에 정현우 선배가 평소와는 확연하게 달라진 표정으로 말했다.

"상대가 마츠 타카야든 뭐든 우리는 우리의 플레이만 하면 되는 거야!"

정현우 선배의 말에 곁에 앉아서 포수 미트를 주물럭거리던 황대훈 선배가 나만 들을 수 있도록 중얼거렸다.

"말이야 쉽지, 경기 감각도 없는 상황에서 제대로 된 타격을 할 타자가 몇이나 되겠어? 현우 녀석 또 괜히 의욕 넘쳐서 어디 다치지나 않을지 걱정이네. 특히 일본이라면 이를 바득바득 갈아대는 놈인데. 그나저나 프로 6년 동안 사와무라상을 2번이나 차지하고 특히 작년에는 진(眞) 사와무라상을 수상한 마츠 타카야도 이제는 슬슬 메이저리그로 갈 때가 되지 않았나?"

사와무라상.

오직 선발투수들만이 수상 가능한 사와무라에이지상은 본래 7가지의 조건을 충족해야만 받을 수 있었다.

25회 선발 등판, 15승 이상, 10경기 이상 완투, 평균자책점 2.50 이하, 승률 6할 이상, 200이닝 이상 소화, 탈삼진 150개 이상.

이 모든 조건을 충족시켜야 하는데, 2000년대에 들어서면서 타고투저 현상이 심해진 프로 야구판에서 사와무라상의 7가지 조건을 모두 달성하기란 실질적으로 쉽지 않았다.

그래서 조건을 충족시키지 못하고도 사와무라상을 받은 투수들과 모든 조건을 충족한 투수들을 분류하기 위해 진 사와무라상이라고 부르고 있었다.

마츠 타카야는 6년 동안 두 번이나 사와무라상을 수상했는데, 첫 수상 때는 완투, 자책점, 승률에서 조건을 충족시키지 못했었다. 그러다 작년에는 모든 조건을 충족하며 사와무라 상을 받아 주니치 드래건즈뿐만 아니라 자타공인 일본 에이스라 불리고 있는 중이다.

고작 비공개 친선경기에서 주니치 드래건즈의 에이스가 선발로 나선다는 게 나로서도 조금은 의아스러웠다.

거기에 공개됐던 경기가 비공개로 바뀌고, 1.5군으로 예상했던 선발 라인업도 베스트로 바뀌었기에 선수들과 감독, 코치들까지 모두 불만스러운 상태였다.

무엇보다 우리 팀에서 가장 걱정을 많이 받는 사람은 당연히 선발투수인 나였다.

"주니치에서 무슨 의도로 이런 식으로 친선경기를 준비했는지 모르겠지만, 너무 긴장하지 말고 부담감도 털어내고 편안하게 던져라. 어차피 이런 비공개 친선경기에서 실점 좀 한다고 널 탓할 사람은 아무도 없으니까. 알겠지?"

황대훈 선배의 말에 나는 간단하게 대답하며 웃어줬다.

하지만 마음만큼은 전혀 웃을 수가 없었다.

상대는 국내 프로 리그보다 한 수 위라 평가를 받는 일본 프로 리그에서도 몇 년 동안 상위권의 성적을 유지한 주니치 드래건즈였다.

타자들에 관한 데이터를 부랴부랴 전달받기는 했지만, 제대로 준비가 되지 않았기에 오늘 경기는 온전히 내 실력만으로 승부를 봐야 했다.

"플레이 볼!"

주심의 외침에 드디어 경기가 시작되었고, 원정 경기나 다름없었기에 1회 초 공격은 대전 호크스부터 시작되었다.

대전 호크스의 1번 타자는 팀의 주장이자 주전 2루수인 정현우 선배였다.

작은 체구에도 불구하고 타석에 선 정현우 선배의 모습이 꽤 크게 보였다.

간단하게 사인을 주고받은 후, 마츠 타카야가 와인드업을 하고 초구를 던졌다.

쇄애애액!

펑!

"스트라이크!"

과감하게도 한가운데 포심 패스트볼을 꽂아 넣어버리는 마츠 타카야였다.

"152㎞? 뭘 저렇게까지 무리를 하면서 던지는 거야?"

황경수 배터리 코치가 손에 들고 있던 스피드건에 찍힌 구속을 바라보며 이해할 수 없다는 듯 고개를 흔들었다.

비시즌에다 동계훈련 기간이라는 걸 감안하면 확실히 이해할 수 없는 투구 내용이었다.

물론 160㎞의 공을 아무렇지도 않게 던져대는 투수라면 그러려니 하고 넘어가겠지만, 마츠 타카야의 최고 구속이 157㎞, 평균 구속 152~154㎞라는 걸 감안하면 확실히 지금의 구속은 무리하게 투구를 했다고밖에 볼 수 없었다.

퍼―엉!

"스트라이크!"

두 번째 역시 한가운데를 묵직하게 밀고 들어오는 포심 패스트볼로 153㎞를 찍어줬다.

정현우 선배는 타석에서 물러나 두어 번 허공에 배트를 휘두르고는 머리를 툭툭 쳤다.

"현우 제대로 열 받았나 보다."

지켜보고 있던 황대훈 선배의 말처럼 정현우 선배의 눈빛이 죽일 듯 마츠 타카야를 노려보고 있었다.

그러거나 말거나 마츠 타카야는 세 번째 공을 던졌다.

쇄애애애액!

부웅!

퍼엉!

"스윙! 아웃!"

한복판으로 날아오다 바깥쪽으로 날카롭게 꺾여 나가는 고속 슬라이더에 정현우 선배는 무기력하게 헛스윙을 하고 삼진이 되어버렸다.

3구 삼진이라는 가장 치욕스러운 결과를 가지고 더그아웃으로 돌아온 정현우 선배의 얼굴엔 분한 기색이 역력했다.

이후 2번, 3번 타자마저 완벽하게 마츠 타카야의 구위에 눌려 버리면서 공수 교대가 이뤄졌다.

"자, 가볼까?"

황대훈 선배가 내 어깨를 툭툭 치며 히죽 웃었다.

마운드 위에 서자 의외로 복잡했던 머릿속이 깨끗해졌다.

살짝 긴장되었던 몸도 언제 그랬냐는 듯 풀어졌고, 포수 마스크를 쓰고 있는 황대훈 선배도 생각 외로 든든하게 느껴졌다.

이런 기분, 낯설지 않았다.

초등학교 때 처음으로 마운드 위에 섰을 때도 그랬고, 중학교와 고등학교 때에도 마찬가지였다.

마운드 위에만 서면 자연스럽게 긴장이 풀리면서 편안하게 내 공을 던질 수 있는 자신이 생겼다.

이런 걸 두고 아버지는 타고난 투수 체질이라고 했고, 최상호 코치도 일부 특정 선수들에게만 내려진 축복이라고 했다.

체질이든 축복이든 분명한 한 가지는 마운드 위에 서서 공을 던질 때만큼은 내가 원하는 곳으로 원하는 공을 던질 자신이 있다는 사실이었다.

가볍게 연습 투구를 마치고 주심의 외침에 주니치 드래건즈의 1번 타자가 타석으로 들어섰다.

주니치 드래건즈의 2루수 키타카와 토나메는 작년 시즌 부동의 1번 타자로 활약했을 정도로 출루율이 높았다.

타율 역시 3할을 넘겼고, 1번 타자임에도 불구하고 홈런도 13개나 터트릴 정도로 파워도 갖추고 있었다.

당연히 발도 빨라 루상에 나가면 도루를 항상 신경 써야 하는 선수였다.

타석에 자리를 잡고 선 키타카와 토나메는 전형적인 교타자로 배트를 짧게 잡고 오픈 스탠스를 밟고 서 있었다.

황대훈 선배는 초구로 바깥쪽 포심 패스트볼을 요구해 왔다.

다른 때라면 그대로 따랐을 리드였지만, 1회 정현우 선배를 상대로 마츠 타카야가 1, 2구를 모두 한가운데 스트라이크를 집어넣었던 모습이 떠올라 그대로 돌려주고 싶다는 욕심이 들었다.

천천히 와인드업을 하고 힘껏 초구를 뿌렸다.

손가락 끝에 걸리는 느낌이 아주 좋았다.

쇄애애애액!

퍼ㅡ엉!

포수 미트가 찢어질 것 같은 파열음과 함께 주심의 스트라이크 선언이 이어졌다.

키타카와 토나메는 한가운데로 들어온 포심 패스트볼에 눈을 찌푸리며 날 바라봤고, 공을 받은 황대훈 선배 역시도 내게 공을 돌려주기 전에 날 빤히 바라봤다.

자신의 사인대로 공이 날아오지 않았단 사실에 의문을 갖고 있는 듯 보였다.

두 번째 공 역시 황대훈 선배는 바깥쪽 포심 패스트볼을 요구했지만, 내 선택은 한가운데 직구였다.

퍼—엉!

"스트라이크!"

주심의 스트라이크 선언에 황대훈 선배가 타임을 요청하곤 마운드로 올라왔다.

"제구가 안 되는 거냐?"

연습 투구 때만 하더라도 사인대로 던졌던 나였으니 황대훈 선배의 걱정스런 물음은 당연했다.

첫 번째, 두 번째 모두 한가운데로 공이 몰렸으니 포수 입장에선 당연히 제구력이 흔들리는 것 아닌가 하고 걱정할 수밖에 없었다.

"아닙니다. 아주 잘됩니다."

"그런데 왜 자꾸 공이 가운데로 몰리는… 너 설마?"

가볍게 고개를 끄덕였다. 황대훈 선배는 살짝 인상을 찌푸리며 말했다.

"투수의 가슴은 뜨겁게! 머리는 차갑게! 모르진 않겠지? 네가 무슨 생각으로 투구를 했는지 이해를 하지 못하는 건 아니지만, 더 이상 치기 어린 생각으로 공을 던지지 마라. 투수는 절대 개인적인 감정으로 공을 던지는 사람이 아니다. 팀 전체를 위해서라도, 그리고 너 자신을 위해서라도 섣부르게 투구하지 마라. 똑똑한 놈이니 내가 무슨 말을 하는지 알겠지?"

"네."

길게 답하지 않았고, 황대훈 선배도 더 이상 말하지 않고 가볍게 내 어깨를 두드리고는 포수 자리로 돌아갔다.

황대훈 선배의 말은 하나도 틀리지 않다.

치기 어린 마음으로 마운드에 서서도 안 되고, 개인적인 욕심만으로 공을 던져서도 안 된다.

가슴은 그 누구보다 뜨거워도 머리는 냉정해야 한다는 말은 학창 시절 누누이 들었던 말이기도 했다.

황대훈 선배가 세 번째로 요구한 공은 바깥쪽으로 빠지는 볼이었다.

유인구라고하기엔 너무 많이 빠지는 자리라 선구안이 좋은 타자에게는 절대 통하지 않을 공이었다.

그럼에도 황대훈 선배가 이런 공을 요구한 건 자신의 사인대로 내가 따라줄 것인지를 확인하고 싶었음이 분명했다.

내가 황대훈 선배였다면 스트라이크 존을 살짝 벗어나는 낮은 파워 커브를 요구했을 거다.

아쉽지만 요구하는 대로 공을 던져 줬고, 예상대로 키타카와 토나메는 꼼짝도 하지 않고 바깥으로 빠지는 볼을 지켜보기만 했다.

"좋아! 좋아!"

황대훈 선배는 일어나서 나를 향해 연신 좋다고 외치고는 다시 자리에 앉았다.

네 번째로 요구한 공은 의외로 빠른 포심 패스트볼로 스트라이크 존을 아슬아슬하게 통과하는 몸 쪽 높은 코스였다.

주심의 스트라이크 존을 확실하게 확인하지 못한 상태라 판정이 어떤 식으로 나올지 알 수 없었지만, 우선은 원하는 대로 공을 던졌다.

퍼엉!

황대훈 선배는 공을 잡은 자세 그래도 멈춰서 주심의 판정을 기다렸다.

"스트라이크! 아웃!"

약간 타이밍이 늦었지만, 주심은 스트라이크 판정을 내렸다.

키타카와 토나메는 타석에 서서 가만히 주심을 바라보다 이내 더그아웃으로 돌아갔다.

말을 하진 않았지만, 판정에 살짝 불만이 있다는 제스처라는 걸 모를 사람은 아무도 없었다.

그로 인해 심판이 어떤 식으로 판정을 내릴지는 두고 봐야 알겠지만, 투수인 내 입장에서는 썩 달갑지는 않았다.

2번 타자로 타석에 들어선 선수는 와타베 시마로 주니치 드래건즈의 3루수였다.

수비 실력보다는 타격 능력이 뛰어나서 프로 12년 생활 동안 8년 연속으로 3할을 친 기록을 갖고 있었다.

약간은 통통한 체격으로 파워도 갖춰 최고 32개까지 홈런을 때려내기도 했었다.

통통한 체력과 다르게 날카로운 인상의 와타베 시마는 날 잡아 먹을 듯 노려보고 있었다.

'몸 쪽 낮은 코스.'

황대훈 선배의 미트가 와타베 시마의 몸 쪽 낮은 쪽 스트라이크 존에 걸쳐 있었다.

몸 쪽 높은 공을 확인했으니 이번에는 낮은 쪽을 먼저 확인하고 가겠다는 생각이었다.

나 역시 주심의 스트라이크 존을 확인해야 했기에 곧바로 공을 던졌다.

쇄애애액!

퍼—엉!

"볼."

약간 아쉬운 느낌이 들었지만, 심판의 성향에 따라 판정이 달라질 수 있는 코스였기에 황대훈 선배와 나는 깨끗하게 받아들였다.

다음으로는 바깥쪽 낮은 코스의 스트라이크 존을 확인했고, 그 다음은 높은 코스를 확인했다.

결과적으로 2스트라이크 1볼로 주심의 성향이 몸은 짜고, 바깥쪽은 후하다는 걸 알 수 있었다.

스트라이크 존에 대한 확인이 끝나자 황대훈 선배는 곧바로 와타베 시마의 몸 쪽 높은 코스로 포심 패스트볼을 요구해 왔다.

방금 전 1번 타자를 루킹 삼진으로 만들어 버린 코스로 주심의 판정에 변화가 생겼는지를 확인하고자 하는 의도였다.

배트를 꽉 조여 쥐고 서 있는 와타베 시마의 모습을 확인하고는 거침없이 공을 던졌다.

쉐애애액!

부—웅!

"스윙! 아웃!"

와타베 시마는 방금 전 1번 타자인 키타카와 토나메가 삼진을 당한 코스라는 걸 알곤 힘차게 배트를 돌렸지만, 스윙 스피드보다 볼이 포수 미트로 파고들어 가는 속도가 조금 더 빨랐다.

　타자 연속 삼진으로 기세가 오르자 내야에서 시끄러울 정도로 응원하는 목소리가 들려왔다.

　그중 2루 수비를 맡고 있는 정현우 선배의 목소리가 제일 요란하면서도 시끄러웠다.

　주니치 드래건즈의 3번 타자는 1루수 신카이 진으로 14년 차 베테랑이다.

　3번이나 홈런왕을 차지한 적이 있을 정도로 팀의 간판타자인 신카이 진은 197㎝의 큰 키에 두툼한 살집까지 더해져 타석이 꽉 차 보였다.

　보통 홈런을 잘 치는 타자들은 어퍼스윙 궤적을 많이 가지고 있는데, 아니나 다를까 우타자인 신카이 진의 오른쪽 팔꿈치가 어깨보다 아래로 떨어져 있었다.

　전형적으로 아래에서 위로 퍼 올리는 어퍼스윙 궤적을 가지고 있는 타자임이 분명했다.

　황대훈 선배의 1구 리드는 타자 무릎으로 파고드는 낮은 볼 스트라이크였다.

　딱히 마음에 들지는 않는 리드였지만, 우선은 황대훈 선배가 원하는 코스로 공을 던졌다.

　따악!

　초구부터 과감하게 풀스윙으로 배트를 휘두른 신카이 진

은 큼지막한 타구가 3루 선상을 살짝 벗어나는 걸 확인하고 는 날 바라보며 피식 웃었다.

"해보자 이거지?"

신카이 진을 바라보며 나 역시 웃어줬다.

내 웃음에 신카이 진은 눈썹을 치켜 올리며 날 바라봤고, 나는 여전히 실실 쪼개며 로진백을 툭툭 던지듯 손바닥 위에서 가지고 놀다 피처 플레이트 뒤에 내려놨다.

잡아먹을 듯 날 노려보는 신카이 진의 시선이 뜨거웠다.

배트를 꽉 비틀어 쥔 두 손이 작정하고 배트를 휘두를 것처럼 보였다.

들여다보지 않아도 머릿속으로 무슨 생각을 하는지 다 알 수 있었다.

건방진 루키 꼬맹이의 공을 펜스 밖으로 날려 버리겠다고 생각하겠지.

이런 상황에서 내가 던지고 싶은 공은 신카이 진의 몸 쪽 스트라이크 존을 벗어나는 위협구다.

타자를 흥분시키면 유리한 건 투수다.

타자를 흥분시키기 가장 좋은 공은 위협구고, 흥분한 타자만큼 요리하기 쉬운 상대가 없다.

하지만 아쉽게도 황대훈 선배는 바깥쪽 스트라이크 존을 살짝 빠지는 유인구를 요구했다.

섣부른 판단일지 모르겠지만, 포수와의 궁합이 썩 좋은 것 같지 않아 아쉬웠다.

하는 수 없이 바깥쪽 유인구를 던졌고, 신카이 진은 꼼짝도 하지 않고 날 바라보며 비릿하게 웃었다.

세 번째 공은 높은 쪽 스트라이크 존을 걸치는 포심 패스트볼.

대다수의 타자들이 가장 좋아하는 코스로 홈런을 만들어내기도 쉽고, 원하는 방향으로 타구를 보내기도 쉽다. 하지만 그건 제대로 맞췄을 때의 이야기고 투수의 구위를 이겨냈을 때의 일이다.

보통 빠른 강속구를 구사하는 투수들이 높은 볼로 타자들의 헛스윙을 자주 만들어내기도 하니 전형적인 힘 대결이라고 볼 수도 있었다.

작정하고 던져 본다.

기세가 나보다 좋은 신카이 진이다.

거기에 주니치 드래건즈의 중심 타선을 이루고 있는 간판 타자였으니 그를 압도할 수 있는 강력한 강속구로 내가 절대 만만한 투수가 아니라는 걸 보여줄 필요가 있었다.

제구가 조금 벗어나더라도 모두가 놀랄 피칭이 필요했다.

해외 드래프트 1라운드 지명 후보의 위력적인 피칭!

천천히 호흡을 가다듬고 와인드업을 한 후, 처음으로 제구력보다는 구속을 위주로 공을 던졌다.

쇄애애애액―!

후―웅!

퍼―엉!

그 여느 때보다 커다란 파열음이 그라운드 전체로 퍼져 나갔다.

신카이 진은 자신의 배트보다 훨씬 빠른 속도로 포수 미트에 박혀 버리는 공에 두 눈을 동그랗게 뜨고 날 바라보다 급히 타석에서 벗어나 더그아웃을 바라봤다.

구속이 얼마나 나왔는지 알 수 없지만, 주니치 측 더그아웃이 꽤나 소란스러웠다.

더불어 우리 팀 더그아웃에서도 코치들이 부산스럽게 움직이며 감독과 어떤 말을 주고받는 모습이 보였다.

얼마나 나왔을까?

처음으로 시합 중에 제구력을 배제한 상태로 공을 던졌다.

포수가 던져 주는 공을 받아들고 신카이 진을 바라보니 내 예상과는 다르게 여전히 기죽지 않은 모습으로 배트를 길게 잡고 날 노려보고 있었다.

역시 1구만으로 신카이 진과 같은 타자의 기를 죽이는 일은 어려운 듯 싶었다.

황대훈 선배가 미트 아래로 내린 오른손의 검지를 한 번 보여주곤 그대로 미트 위로 올려 버렸다.

한가운데 직구 사인.

글러브에 가려진 내 입에 만족스러운 미소가 그려졌다.

황대훈 선배도 느끼고 있는 거다.

나와 신카이 진의 기 싸움을.

이번에도 전력으로 던진다.

내가 던질 수 있는 가장 빠른 포심 패스트볼!

투수는 타자라는 맹수를 잡아먹는 사냥꾼이다.

사냥꾼은 절대 물러나지 않는다.

맹수보다 흉포하고! 맹수보다 과감하고! 맹수보다 집요하게!

피처 플레이트를 힘껏 박차며 공을 뿌렸다.

온몸의 힘이 손끝에 모이며 그대로 실밥을 채며 공이 총알처럼 쏘아져 나갔다.

쐐애애애애액—!

퍼—어엉!

신카이 진이 어쩌지도 못하고 멍하니 포수 미트만 바라봤다.

"스, 스트라이크! 타자 아웃!"

주심이 힘차게 제스처를 취하며 아웃을 선언했고, 위풍당당하게 마운드에서 내려와 더그아웃으로 들어왔다.

타자를 삼진으로 잡은 투수에게 환호를 해줘야 할 더그아웃 분위기가 정적에 휩싸여 있었다.

이유는 곧바로 알 수 있었다.

황경수 배터리 코치의 손에 들려 있는 스피드건에 찍혀 있는 숫자 때문이었다.

161km.

Chapter 5

161km. 100mph.

혼히들 말하는 100마일은 상징적인 숫자다.

세상의 모든 투수들이 자유자재로 구사하고 싶은 강속구의 지표라 불러도 좋았다.

물론, 100마일보다 더 빠른 공을 던지는 괴물과도 같은 투수들도 있지만, 100마일을 던질 줄 아느냐에 따라 사람들은 그를 진정한 파이어볼러, 강속구 투수라 부르는 것이다.

"뭐? 161km라고?"

좌익수를 보고 있는 장근범 선배가 나를 괴물처럼 쳐다봤다.

"야! 국내 선수 중에 160㎞ 찍은 투수 있냐?"

"당연하지! 한국인 최초의 메이저리거가 있잖아!"

한국인 최초의 메이저리거 박호찬.

대한민국 사람이라면 누구나 인정하는 최고의 야구 선수다.

94년 LA 다저스에 입단을 하면서 한국인 최초, 동양인으로는 2번째로 메이저리거가 됐다.

통산 124승을 기록하기도 했지만, 사람들 뇌리에 기억되는 박호찬은 불같은 강속구 투수라는 점이다.

공식적으로 메이저리그 무대에서 161㎞를 던졌다.

진정한 100마일의 투수인 셈이다.

"호찬 선배님은 논외 대상이고! 국내 활동하는 선수 중 160㎞라도 찍은 투수 있냐고!"

대답은 없었다.

선수들끼리 서로를 바라보기만 했다.

"없습니다. 국내 최고 기록은 159㎞입니다. 물론 비공식으로는 잘 모르겠습니다만."

누군가의 말에 그제야 모든 선수들이 나를 바라봤다.

"우리 호크스에 국내 최초의 토종 100마일 강속구 투수가 입단을 한 거야?"

"거기다가 좌완이지."

"나이도 이제 갓 20살이니 2~3년 더 성장한다고 생각하면… 저건 괴물이군!"

"차지혁! 너 똑바로 대답해라! 100마일 언제부터 던졌어? 메이저리그 스카우트들도 다 알고 있는 거지?"

"당연하지 않겠습니까? 그러니까 1라운드 지명 후보로 불리지 않겠습니까?"

"그렇겠지? 하긴! 해외 드래프트 1라운드 지명 후보들 스펙만 봐도 저것들이 인간이 맞나 싶었으니, 지혁이 저놈도 결국은 괴물이라는 뜻이겠지."

"이거 벌써부터 올 시즌 대한민국이 떠들썩하겠는걸?"

"대훈 선배, 방금 100마일 공 받을 때 느낌이 어땠습니까?"

"그러니까… 이건 알고도 못 친다? 아니, 친다 하더라도 제대로 된 타구를 만들어낼 수가 없다? 뭐 그런 느낌이더군."

"한가운데로 들어오는 공을 알고도 못 친다니… 이건 사기 아냐?"

"메이저리그에서는 100마일 넘는 공도 홈런으로 치던데요?"

"그거야 같은 괴물들이니까 그렇지!"

"말 같지도 않은 소리 하지 마. 밥 먹고 야구만 하는 놈이 알고도 못 치는 공이 어딨어? 아무리 빠른 공도 눈에 익으면 마음 놓고 칠 수 있어야 프로 자격이 있지!"

"상천 선배도 참! 말이 그렇다는 겁니다."

더그아웃 분위기는 그 여느 때보다도 시끄럽고 소란스러
웠다.

그 원인 제공자가 나라는 사실을 당연히 모르진 않았지만,
너무 오버스러운 건 사실이었다.

그럴 이유 정도는 나도 알고 있다.

퍼엉!

"스윙! 아웃!"

높은 포심 패스트볼에 헛방망이질을 하고 더그아웃으로
돌아오는 타자.

"마츠 타카야, 저 새끼 자극 좀 받았나 보다. 156km 찍었
다."

마운드 위에서 무표정한 얼굴로 공을 던지는 마츠 타카야
를 상대로 대전 호크스 타자들은 제대로 된 타격을 전혀 하지
못하고 있었다.

경기 감각을 완전히 상실한 타자들에게 마츠 타카야의 빠
른 포심 패스트볼과 고속 슬라이더는 지옥 그 자체였다.

타석이 한 바퀴 돈다 하더라도 얼마나 적응할 수 있을지 솔
직히 의문스러웠다.

말 그대로 대전 호크스 타자들은 마츠 타카야에게 난도질
을 당하고 있는 중이다.

아무리 경기 감각이 없다 하더라도 이건 자존심에 막대한 타격을 받는 일이고, 창피한 일이다.

더욱이 한일전이라는 걸 생각하면 얼굴 들고 다니기도 힘들다.

그런 상황에서 한 줄기 빛과 희망이 생겨난 거다.

"156㎞이 뭐 대단하냐? 우리 막내는 161㎞도 찍어줬는데! 막내야, 다음에는 적당하게 160㎞짜리로 깔끔하게 세 타자 연속 삼진 가자. 알겠지?"

던지는 거야 어렵지 않다. 다만 제구가 문제다.

선배의 말처럼 프로 자격을 갖춘 타자라면 제아무리 빠른 공도 눈에 익으면 홈런으로 만들어낼 능력이 있다.

지금처럼 원하는 코스로 예리하게 찔러 넣을 수 없는 160㎞의 공은 아무짝에도 쓸모가 없었다.

따악!

빨랫줄 같은 타구가 1루 선상을 살짝 벗어났다.

"태훈이 진짜 예전의 괴물 모드로 들어가려나 본데? 경기 감각도 없는 놈이 벌써 공을 몇 개나 걷어내네."

"태훈이가 예전과 같은 모습으로만 돌아간다면야 마츠 타카야가 상대라 하더라도 꿀릴 거 없지."

정현우 선배의 말에 주변 선수들 모두 고개를 끄덕였다.

천부적인 타격 재능과 힘을 갖고 있는 장태훈은 기를 살려

쥐야 제 능력을 발휘하는 타입이었다.

고교 시스템과는 맞지 않아 제 능력을 제대로 발휘하지 못하다가 프로 데뷔와 동시에 주전 선수들이 줄부상에 빠지면서 1군 무대를 밟았는데, 감독이나 코치들도 딱히 큰 기대를 걸지는 않았다고 한다.

그러던 것이 의외로 신인치고는 타격이 괜찮아 감독과 코치들이 잘한다고 칭찬을 해주기 시작하자 더욱더 방망이가 불을 뿜어대며 제 능력을 온전히 발휘하기 시작한 거였다.

못한다고 다그쳐야 단점을 극복하고 잘하는 사람이 있는 반면, 무조건 잘한다고 칭찬을 해줘야 더욱 잘하는 사람이 있는데 장태훈은 후자였다.

감독, 코치, 구단과 팬까지 잘한다고 하니 장태훈이 국내 최고의 타자 중 한 명으로 우뚝 설 수 있었던 거다.

따악!

몸 쪽으로 날카롭게 파고드는 공을 장태훈은 힘으로 밀어내 기어이 안타를 만들어냈다.

하지만 후속 타자들이 선풍기질로 무기력하게 물러나면서 이닝이 종료되었다.

2회 말, 주니치 드래건즈의 타선은 4번 야마구치 타카시, 5번 카자마 유야, 6번 사와타리 준타로 이어지는 주니치 드래건즈의 핵타선이었다.

3번이나 홈런왕에 올랐던 신카이 진을 3번으로 올려 보낸 4번 야마구치 타카시는 현 일본 프로 야구 홈런왕으로 올 시즌도 홈런왕 후보 0순위라 불리고 있었다.

187㎝ 89㎏의 탄탄한 체격으로 작년 시즌 46개의 홈런을 터트리며 3년 연속 40홈런의 기록을 이어나가고 있는 중이었다.

쐐애애액!

퍼엉!

"스트라이크!"

무릎을 걸치고 지나가는 몸 쪽 포심 패스트볼에 야마구치 타카시가 타석에서 벗어나며 허공에 방망이질을 했다.

2스트라이크 2볼의 카운트가 될 때까지 야마구치 타카시는 단 한 번도 배트를 휘두르지 않았다.

몸 쪽 높낮이를 공략하는 스트라이크에 배트가 나와 봐야 범타 처리가 될 것이기에 참았고, 바깥쪽 빠지는 유인구에는 한 차례만 움찔거릴 정도로 선구안이 뛰어났다.

아직 볼 하나의 여유가 있지만, 절대 허투루 공을 던질 수가 없다.

여기서 어정쩡하게 유인구를 던졌다가 볼이 선언되면 풀카운트 승부에 들어가는데, 투수 입장에서 선구안이 뛰어난 타자를 상대로 풀카운트 승부를 한다는 건 상당히 신경 쓰일 수밖에 없다.

타석에 들어선 야마구치 타카시는 배트를 조금 느슨하게 쥐고 있었다.

풀스윙이 아닌 맞춰서 타격을 하겠다는 의미다.

팀의 4번 타자, 거기에 작년 홈런왕에 3년 연속 40개의 홈런을 터트린 거포형 타자의 선택이라고 보기엔 다소 의외였다.

흔한 말로 홈런 타자는 삼진을 당하더라도 풀스윙을 한다는 말이 있다.

자존심 문제다.

그런데 야마구치 타카시는 자존심 대신 실리를 택했다.

팀을 위한 타자, 감독 입장에서 이보다 더 좋은 타자는 있을 수 없다.

무엇보다 홈런 타자의 무서운 점은 컨택에 집중해서 타격을 한다 하더라도 기본적으로 파워가 좋기 때문에 장타가 나올 확률이 높았다.

포수 미트가 타자 몸 쪽 아래에 머물러 있었다.

몸 쪽으로 파고들어 떨어지는 파워 커브를 요구한 황대훈 선배였다.

나쁘지 않은 선택이다.

제구만 제대로 잡혀 있는 투수라면 타자의 배트를 이끌어

내기에 충분했다.

더욱이 2스트라이크라는 카운트는 타자의 입장에서 부담이 될 수밖에 없으니 포심 패스트볼처럼 날아오다 떨어지는 파워 커브는 아주 훌륭한 미끼다.

쐐애애액!

몸 쪽으로 밀고 들어가는 빠른 속구에 야마구치 타카시의 표정이 살짝 일그러졌다.

대다수의 타자들이 그렇듯 그 역시 몸 쪽 공에 상대적으로 약한 모습을 보였다. 그런데 결정구가 몸 쪽으로 들어오니 인상이 찌푸려질 수밖에 없는 거다.

딱!

가만히 서서 루킹 삼진을 당할 수 없다는 듯 야마구치 타카시가 배트가 나왔다.

풀스윙을 고집했다면 홈 플레이트 바로 앞에서 완만하게 꺾이는 커브에 속절없이 삼진을 당하고 말았겠지만, 힘을 빼고 컨택에만 집중했기 때문인지 아슬아슬하게 배트 아랫부분이 공 위쪽으로 스치듯 훑었다.

야마구치 타카시가 가볍게 한숨을 내쉬는 사이 주심의 목소리에 고개가 벼락처럼 뒤로 돌아갔다.

"타자 아웃!"

분명 배트에 맞았다. 파울이다.

이런 표정으로 고개를 돌린 야마구치 타카시는 심판에게 어필을 하려고 배트를 들다가 바닥에 양쪽 무릎을 붙이고 가랑이 사이에 끼어 있는 포수 미트에 얌전히 들어가 있는 야구공을 확인하고는 이를 악물었다.

파울 팁(foul tip).

타자의 배트에 스친 공이 파울로 인정이 되지만, 그대로 포수 미트로 들어가면 스트라이크로 인정되는 볼 인 플레이로 2스트라이크였던 야마구치 타카시는 그대로 삼진 처리가 된다.

"나이스 캐처!"

여기저기서 황대훈 선배의 멋진 포구 능력에 칭찬을 했다.

나 역시 가볍게 글러브를 두드리며 파울이 되어버렸을 공을 잡아준 황대훈 선배에게 감사의 인사를 했다.

4번 야마구치 타카시가 떠난 자리에 5번 카자마 유야가 들어섰다.

주니치 드래건즈의 주전 포수이면서 한 방이 있는 카자마 유야는 포수들이 그렇듯 전형적인 게스 히터(Guess Hitter)다.

미리 투수가 어떤 볼을 던질지를 예측하고 거기에 맞춰서 타격을 하는 카자마 유야는 투수 리드가 뛰어난 포수인 만큼 투수와의 수 싸움에 능했다.

"수 싸움에는 정말 귀신같은 놈이라 솔직히 방법은 하나밖에 없다."

경기 전 황대훈 선배가 카자마 유야에 대해 한 말이다.

수 싸움을 하는 타자를 상대하는 가장 확실한 방법은 딱 하나다.

구위다.

예측해도 쉽게 칠 수 없을 정도로 구위로 찍어 누르는 수밖에 없다.

어설프게 수 싸움을 걸었다가는 역으로 잡아먹힐 확률이 컸기에 단순무식하게 구위로 승부를 보는 게 가장 확실했다.

쇄애애액!

퍼—엉!

"스트라이크!"

스트라이크 존을 통과하는 몸 쪽 높은 포심 패스트볼에 카자마 유야는 움찔거렸다.

제아무리 투수의 공을 받는 포수라 하더라도 타석에 섰을 때 몸 쪽으로 찔러 들어오는 빠른 포심 패스트볼에는 겁을 먹게 마련이다.

우선 1스트라이크를 잡았으니 투수는 유리해지고, 타자는 불리해진다.

투수와 타자는 초구 싸움이 이래서 중요하다.

스트라이크를 먼저 잡으면 투수는 편안하게 다음 투구를

할 수 있고, 타자는 머릿속에 복잡해진다.

게스 히터인 카자마 유야와 같은 경우엔 더욱더 그렇다.

딱!

파워 커브를 노리고 있었지만, 코스가 바닥으로 떨어질 정도로 낮았기에 파울이 되며 타구가 홈플레이트를 맞고 뒤로 튕겨져 나가 버렸다.

카자마 유야는 볼을 건드렸다는 사실에 인상을 팍팍 쓰며 제 머리를 툭툭 쳤다.

이제는 2스트라이크 노볼 상황.

투수에게는 압도적으로 유리한 상황이고, 타자는 입이 바짝바짝 마르는 초조한 상황이다.

쇄애애액!

퍼―엉!

"스트라이크! 타자 아웃!"

한가운데를 꽂아버린 포심 패스트볼에 카자마 유야는 기가 막히다는 듯 날 노려보고는 고개를 절레절레 저었다.

2스트라이크 상황에서 한가운데 포심 패스트볼을 우겨 넣을 투수는 그리 많지 않다.

포수인 카자마 유야가 그 사실을 누구보다 잘 알기에 과감한 내 투구에 혀를 내두르며 돌아선 거다.

따악!

6번 타자 사와타리 준타는 초구 스트라이크 존을 벗어나는 파워 커브를 무리하게 치려다 2루수 땅볼로 아웃 처리가 됐다.

1회에 이어 2회도 삼자범퇴로 주니치 드래건즈의 공격을 깔끔하게 막아내자 더그아웃 분위기가 달아오르는 듯했지만, 마츠 타카야의 피칭에 완전히 눌려 버린 대전 호크스의 타선은 맥없이 아웃이 되며 이닝이 종료되고 말았다.

"이거… 친선경기 맞지?"

키와구치의 말에 차동호도 딱히 할 말이 없었다.

전혀 예상하지 못한 경기력에 자신들뿐만 아니라 주변의 다른 사람들도 하나같이 붕어빵틀에서 찍어낸 표정들을 하고 있었다.

친선경기다.

대전 호크스는 일본까지 동계훈련을 와서 그동안의 훈련 성과가 어떤가 점검하는 것과 동시에 바닥으로 떨어진 경기 감각을 일깨우기 위해 경기를 갖는 중이다.

주니치 드래건즈 역시 마찬가지다.

올 시즌을 준비하면서 선수들의 경기력 향상과 사기를 드높이기 위해 일부러 한국 프로 리그에서도 하위권을 맴도는 대전 호크스를 상대로 경기를 잡은 거다.

친선경기에 승패가 무슨 의미가 있냐 싶지만, 한일전이라는 이름이 붙으면 비공식 친선경기라 하더라도 자존심 싸움이 된다.

물론 오늘의 경기는 충분히 승패가 예상 가능한 경기였다.

일본 프로 리그에서도 항상 상위권에 이름을 올리고 있는 주니치 드래건즈에게 대전 호크스는 상대로서의 무게감이 확실히 떨어졌다.

그랬기에 처음 선발 라인업도 1.5군 정도로 꾸렸다.

이 정도로도 충분히 대전 호크스를 상대로 승리할 자신이 있었다는 의미였다.

"오타리와 감독 표정이 정말 궁금하군!"

키와구치가 히죽거렸다.

주니치 드래건즈를 부동의 강팀으로 만들어 놓은 오타리와 감독은 이미 명장이라 불리고 있었다.

선수들의 면면도 화려하지만 그들을 다스리며 팀을 이끌어 나가는 것이야말로 감독의 능력이니 오타리와 감독은 일본 프로 야구계에서는 충분히 명장으로 대접을 받고 있는 중이었다.

"오타리와 감독이 왜?"

"오늘 라인업이 갑자기 베스트로 변경된 이유를 생각해봐."

"이유?"

차동호는 키와구치에게 대답을 구하기보단 스스로 생각을 했다.

스포츠 기자, 그것도 야구 전문 기자로서 이 정도는 혼자 생각해 봐야 한다.

1.5군만으로도 충분하다 여겼던 라인업을 베스트로 변경했다.

어째서?

그 원인부터 찾아야 하고 그로 인해 얻을 결과를 예측해야 한다.

퍼—엉!

"스윙! 아웃!"

분한 얼굴로 타석에 서서 마운드 위의 투수를 노려보는 주니치 드래건즈의 3번 타자 신카이 진.

차동호의 시선도 자연스럽게 마운드 위로 옮겨졌다.

아직은 앳된 얼굴의 어린 투수가 태연하게 로진백을 손바닥 위에서 툭툭 던지고 있었다.

지금은 새로운 홈런왕 야마구치 타카시에게 밀려 3번을 치고 있지만, 한때 일본 대표 타자라 불러도 손색이 없던 신카이 진을 2타석 연속 삼진으로 잡아낸 대전 호크스의 신인 투수 차지혁은 차동호의 가슴까지 뿌듯하게 만들었다.

외국에 나오면 없던 애국심도 발휘하는데, 스포츠까지 결부되니 주니치 타자들을 삼진으로 돌려세울 때마다 환호성이 터지려는 걸 억지로 참고 있는 중이었다.

"차지혁 때문이군."

키와구치가 순순히 고개를 끄덕였다.

"한국인인 자네에게 이런 말을 하긴 좀 그렇지만, 오타리와 감독은 대전 호크스의 선발투수로 차지혁이 마운드에 오른다는 사실에 그를 완전히 찍어 누를 심산이었을 거네. 자네도 알다시피 오타리와 감독의 애국심이 좀 유별난 편 아닌가? 하하하."

'유별난 게 아니라 골수까지 극우 성향인 인간이지.'

이걸로 확실해졌다.

오타리와 감독은 아직 어린 차지혁이 장차 대한민국의 미래 에이스라는 사실을 알기에 이번 기회에 완전히 짓밟아 버릴 생각이었던 거다.

야구는 멘탈 스포츠다.

많은 선수들이 한 번 트라우마에 빠지면 쉽게 벗어나기 힘든데 오타리와 감독은 차지혁에게 일본에 대한 공포증을 심어주려고 작정한 거다.

더불어 주니치 선수들에 대해서도 차기 한국 에이스 따윈 아무것도 아니라는 자신감도 넣고 말이다.

그런데 오타리와 감독의 의도와는 전혀 다른 방향으로 흘러가고 있는 중이다.

'키와구치 말처럼 완전 똥 씹은 표정이겠군! 얼굴 한 번 보고 싶군, 망할 노인네!'

차동호는 주니치의 4번 타자 야마구치 타카시를 상대로 조금도 위축되지 않고 공을 던지는 차지혁을 향해 열렬하게 응원의 박수를 쳐 주고 싶었다.

주변에 자리를 잡고 있는 일본인들만 아니라면 분명히 그랬을 거다. 아니, 키와구치의 일행으로 조용히 경기 관람만 하고 가야 하는 입장만 아니었다면 수백수천 명의 일본인이 있다 하더라도 차지혁을 향해 응원의 목소리를 높였을 거다.

이 경기의 결말을 자신의 눈으로 끝까지 지켜봐야 한다는 단 하나의 목적으로 인해 차동호는 들썩거리는 엉덩이를 억지로 의자에 붙이고 있는 상태였다.

부—웅!

퍼—엉!

"스윙! 삼진 아웃!"

높은 볼에 방망이를 휘두르며 일본 대표 홈런 타자 야마구치 타카시가 꼴사납게 삼진을 당했다.

화가 나는지 배트로 홈플레이트를 내려쳤고 배트가 부러졌다.

주심이 비매너적이고 과격한 행동에 경고를 줬지만, 야마구치 타카시는 눈 한 번 깜빡이지 않고 마운드를 내려와 더그아웃으로 향하는 차지혁의 모습만을 죽일 듯 노려보고 있었다.

차동호는 재빨리 태블릿PC 기록표를 수정했다.

차지혁.

기록일 : 2026년 2월 4일.

상대 팀 : 주니치 드래건즈.

IP(이닝) : 4.

H(피안타) : 1.

R(실점) : 0.

ER(자책점) : 0.

HR(피홈런) : 0.

BB(볼넷) : 0.

HB(사구) : 0.

SO(삼진) : 10.

TBP(상대한 타자수) : 13.

NP(총 투구수) : 46.

차동호는 자신이 작성한 기록표를 바라보며 고개를 흔들

었다.

곁에 앉아 있던 키와구치도 슬쩍 기록표를 확인하고는 혀를 내둘렀다.

"고졸 신인 루키가 주니치의 베스트 라인업을 상대로 4이닝 1피안타 10탈삼진이라니! 니노마에 류지도 이 정도는 해주겠지."

"글쎄."

차동호는 묘한 음성으로 대꾸했다.

아시아 넘버원 투수라 불리는 니노마에 류지, 일본 차기 에이스가 확실한 괴물 투수로 2025년 해외 신인 드래프트를 통해 뉴욕 메츠와 6년 4700만 달러라는 대박 계약을 성사시킨 슈퍼 루키다.

차지혁과 항상 비교를 하면서도 일본 고교 리그가 한국보다 수준 위라는 이유 하나로 상대적으로 높은 평가를 받은 니노마에 류지는 일본의 자랑이다.

"니노마에 류지도 분명 차지혁만큼은 던졌을 거야. 분명히!"

오타리와 감독에 대해서 말할 때와는 전혀 다른 자부심이 가득한 키와구치였다.

구태여 이런 자리에서 니노마에 류지가 낫다, 차지혁이 낫다 의견 대립을 할 필요가 없었기에 차동호는 더 이상의 언급을 피했다.

니노마에 류지가 뉴욕 메츠와 대박 계약을 맺은 슈퍼 루키라 하더라도 어쨌든 현재 주니치 타선을 처참하게 압살하고 있는 건 다른 누구도 아닌 차기 한국 에이스 차지혁이다.

'오늘 경기만 봐도 확실해! 대전 호크스는 정말 대박 계약을 맺은 거야!'

계약 총액 42억에 3년 계약을 맺은 대전 호크스다.

350억이라는 바이아웃 조항과 이적료 25%를 선수에게 지급하는 조건이 한국 프로 야구계와 팬들 사이에서 많은 논란을 야기시키기는 했지만, 차동호는 솔직히 대전 호크스와 차지혁 선수 양쪽이 윈윈하는 계약이라 여기고 있었다.

그런데 오늘 그 생각이 무너졌다.

지금 차지혁이 보여주는 피칭 내용이 국내 무대에서도 유감없이 발휘된다면 대전 호크스는 당장 내년에라도 350억에 차지혁을 해외로 보낼 수 있게 된다. 그렇게 된다면 대전 호크스가 차지혁에게 실질적으로 지급하게 되는 돈은 계약금 30억에 연봉 2억뿐이다.

물론 차지혁을 일찍 해외로 보내는 건 대전 호크스 입장에서 적지 않은 손해다.

하지만 지금 차지혁이 보여주고 있는 피칭은 국내 타자들에게도 언터처블(Untouchable)이고 그건 곧 대전 호크스의 승리로 직결될 가능성이 크다. 그건 곧 팀 승률에 지대한 영향력을 미친다는 뜻이고, 당연히 대전 호크스의 승수가 쌓이며 순위가 올라간다.

거기에 차지혁이 선발로 등판하는 경기는 홈, 원정을 떠나 만원사례가 이어질 것이 뻔했고, 관련 상품은 날개 달린 듯 팔려 나갈 거다.

사람들은 항상 새로운 영웅을 원하고, 그건 곧 구단 입장에서 수익으로 환산되어 재정을 풍족하게 쌓아준다.

고작 1년 활약한다 하더라도 신인 선수가 압도적인 모습으로 리그를 평정한다면?

'그 어떤 슈퍼스타도 그 앞에선 빛을 잃게 되지!'

충분하다.

단 1년 만이지만 대전 호크스는 차지혁으로 인해 얻을 수 있는 것들이 충분하다 못 해 넘쳐 날 것이다.

만약 이런 모든 걸 대전 호크스에서 계산에 넣어두고 차지혁과 계약을 한 거라면 정말 대단한 거다.

'김태열 팀장이라면… 어쩌면 이런 계산까지 머릿속에 넣었을지 모르겠군.'

재밌는 상상을 하는 사이 어느새 대전 호크스의 공격이 무기력하게 끝나 버렸다.

"마츠 타카야도 대단하군."

"당연하지. 대전 호크스 타선으로는 솔직히 공략하기 쉽지 않은 투수지."

키와구치의 음성에 자부심이 가득했다.

차동호도 마츠 타카야에 대해서는 딱히 반발심을 가질 수가 없었다.

우선 보여주는 투구 내용만으로도 충분히 훌륭했다.

국내 무대에서도 물방망이로 유명한 대전 호크스의 타선이 일본 에이스라 불리는 마츠 타카야를 공략한다?

'쉽지 않지. 그러고 보니 지금까지 마츠 타카야를 상대로 안타를 뽑아낸 타자는… 장태훈 한 사람뿐이군.'

5이닝 동안 1피안타, 10탈삼진.

삼진수가 차지혁에 비해 적을 뿐, 투구 내용은 아주 훌륭했다.

투구수도 52개로 큰 이변이 없는 이상 완투 가능성이 컸다.

"오늘 경기가 이렇게 숨 막히는 투수전이 될 것이라고 누가 예상이나 했겠어."

키와구치의 말대로다.

마츠 타카야가 선발로 나온 이상 대전 호크스의 타선을 완전히 봉쇄할 것이라는 건 누구나 예상이 가능한 일었지만, 차지혁이 주니치 드래건즈의 타선을 꽁꽁 묶어버릴 줄은 아무도 예상하지 못했을 일이다.

베스트 라인업을 내세운 오타리와 감독이나, 백유홍 감독이나 마찬가지일 거다.

5회 말 주니치 드래건즈의 타선은 5번 카자마 유야, 6번 사와타리 준타, 7번 미우라 순스케로 이어졌다.

3구, 5구, 4구.

차지혁은 5회 말 12개의 공만으로 세 타자를 삼진으로 돌려세웠다.

특히, 5번 타자 카자마 유야에게 스트라이크 존 위아래를 넘나들며 파워 커브만으로 루킹 삼진시켜 버린 차지혁의 공격적인 피칭 내용은 실력뿐만 아니라 배짱에 있어서도 고졸 신인이라는 사실이 믿겨지지 않을 정도였다.

"오늘 경기 투구 내용만 본다면 정말… 멋진 투수군."

"완벽하지."

키와구치의 말에 차동호가 말을 이었다.

단순히 멋지기만 한 게 아니라, 완벽하다.

지금의 모습은 어디 하나 흠잡을 곳이 없는 최고의 투수였다.

구위, 제구력, 배짱까지 부족하다 싶은 부분이 어디인지 찾을 수가 없었다.

온몸이 흥분됐다.

'당장에라도 이런 완벽한 투구 내용을 기사로 쓰고 싶다!'

손이 근질거렸다.

머릿속에선 오랜만에 쓰고 싶은 말들이 쉬지 않고 흘러 다녔다.

하지만 오늘 경기 내용을 기사로 쓸 순 없었다.

주니치 드래건즈에서 기사를 쓰지 않는 조건으로 경기 관람을 허락했기 때문이다.

비공식이라 하더라도 이런 멋진 경기가 알려지지 못한다고 생각하니 차동호는 너무나 아쉬웠다.

따—악!

하늘 높이 떠올라 빠른 속도로 날아가는 타구에 키와구치가 제 머리카락을 부여잡았다.

"아아……!"

불끈!

차동호는 오른손 주먹을 꽉 쥐며 입가에 미소를 그렸다.

타구는 순식간에 펜스를 넘겨 버렸다.

마운드 위에 서 있는 마츠 타카야는 오른손을 쥐락펴락하며 고개를 흔들었고, 홈런을 때린 대전 호크스의 타자는 여유롭게 베이스를 돌았다.

'장태훈! 차지혁에 장태훈까지 살아난다면… 올 시즌 대전 호크스는 예측 불허다!'

먹튀 소리를 듣고 있는 장태훈이지만, 이적 이전까지의 기록은 무시무시하다.

메이저리그에서도 군침을 흘릴 정도의 타격 재능을 갖추고 있었다.

무슨 이유에서 메이저리그가 아닌 대전 호크스로 이적했는지, 성적은 왜 바닥으로까지 떨어졌는지 많은 사람들이 모르고 있었지만 차동호는 알고 있었다.

'몸 상태가 정상으로 돌아온 건가?'

바깥쪽으로 빠져나가는 고속 슬라이더를 제대로 밀어 친 장태훈이었다.

이적 이후, 밀어 치는 타격이 제대로 이루어지지 않았던 장태훈이 예전 전성기 때처럼 타구를 완벽하게 밀어 쳤다는 건 몸 상태가 정상으로 돌아왔다는 신호로 봐도 좋았다.

고작 한 타석뿐이라 섣부르게 판단을 내릴 순 없겠지만, 이전 타석에서도 밀어 쳐서 안타를 만들어 냈으니 좋은 징조라 여겨도 괜찮을 것 같았다.

장태훈에게 의외의 홈런을 맞은 마츠 타카야였지만, 이후 타자들을 땅볼과 뜬공, 삼진으로 잡아내며 6회 초를 마무리했다.

"마츠 타카야는 더 이상 마운드에 오르지 않겠군."

차동호도 더그아웃으로 들어간 마츠 타카야가 아이싱을

하는 걸 확인하곤 고개를 끄덕였다.

숨 막히던 투수전에서 먼저 실점을 한 마츠 타카야를 더 이상 마운드에 올릴 이유가 없었다.

정식 경기도 아닌 고작 친선경기에 에이스를 무리하게 마운드에 올린다면 감독으로서의 판단 능력을 상실했다 봐도 좋았으니까.

"차지혁도 이번 이닝이 마지막이 될 확률이 높겠군."

"그렇겠지."

차지혁은 6회 말 주니치 드래건즈의 타선을 상대로 8번 타자 토모히 켄지를 삼진으로 잡고, 9번 타자 우츠이 코타의 기습 번트를 안정적인 수비로 잡아내고, 1번 타자 키타카와 토나메와 8구까지 가는 승부 끝에 삼진으로 잡아내며 이닝을 마쳤다.

그리고 차지혁 역시 더그아웃으로 들어가 아이싱을 시작했다.

차지혁.

기록일 : 2026년 2월 4일.

상대 팀 : 주니치 드래건즈.

IP(이닝) : 6.

H(피안타) : 1.

R(실점) : 0.

ER(자책점) : 0.

HR(피홈런) : 0.

BB(볼넷) : 0.

HB(사구) : 0.

SO(삼진) : 15.

TBP(상대한 타자수) : 19.

NP(총 투구수) : 71.

"휴우~ 정말 대단하군!"

차동호는 차지혁의 기록을 확인하며 웃음을 흘렸다.

"아!"

기록을 확인하던 차동호는 기록표 아래에 짤막하게 메모를 했다.

당일 최고 구속 161㎞.

20살.

미국 메이저리그 기준으로 따지면 18세에 불과한 어린 선수가 정확하게 100마일의 공을 던졌다. 무엇보다 포수 미트에서 들렸던 파열음은 단순히 빠르기만 한 것이 아니라는 걸 똑똑히 들려주고 있었다.

100마일의 공을 던질 줄 안다는 것만으로도 그 투수는 엄청난 관심을 받는다.

심지어 지옥에 가서라도 데리고 온다는 좌완투수다.

국내 역사에 남을 정통 좌완 파이어볼러가 나타났다.

"난리가 나겠군."

입단부터 시끄러운 소란을 만들어 낸 차지혁이 대전 호크스 유니폼을 입고 마운드에 서는 날, 대한민국이 들썩일 거라고 장담하는 차동호였다.

"차지혁의 바이아웃 금액이 얼마라고 했었지?"

키와구치의 물음에 차동호가 피식 웃었다.

"350억."

"하… 내가 요미우리 단장이면 두 번 생각할 것 없이 당장 차지혁 이적에 뛰어들 텐데!"

"아무리 요미우리가 돈이 많아도 스펙만으로 한 선수에게 350억을 쉽게 쓸 수는 없지."

"내 말이 그 말이야. 차지혁의 리그 성적을 확인하고 이적에 뛰어들겠지. 문제는 요미우리에서 아무리 많은 돈을 제안해도 차지혁이 일본으로 올 가능성이 없다는 거 아니겠나?"

요미우리라면 350억 정도는 얼마든지 지갑을 열 수 있다.

하지만 요미우리가 지갑을 열 시점이라면 미국 메이저리

그의 많은 구단들도 동시에 지갑을 열게 되니 차지혁이 미국이 아닌 일본으로 갈 가능성은 사실상 0%라고 해도 틀린 예측이 아닐 거다.

"남들보다 먼저 발견해야 보물을 차지할 수 있는 건데!"

키와구치는 진심으로 아쉽다는 듯 한숨만 푹푹 내쉬었다.

오늘 경기를 각 구단 관계자들이 지켜봤다 하더라도 당장 대전 호크스에 350억을 제시하며 차지혁 이적을 협상하려고 하는 구단은 없을 거다.

고작 한 경기일 뿐이다.

이미 차지혁의 스펙 자체가 굉장히 뛰어나다는 건 누구나 알고 있는 사실이지만, 경기력에 대해서는 한 경기만으로 확인할 수 있는 문제가 아니다.

더욱이 지금은 비시즌 기간이다.

주니치 타자들이 제 기량을 발휘했다고 판단하기 힘들다.

비시즌 기간에는 상대적으로 타자보다 강속구를 던지는 투수들이 조금 더 우위에 선다.

다시 말해 차지혁의 경기력은 본격적으로 시즌이 시작돼 봐야 알 수 있는 부분이었다.

"어쨌든 올해 한국 경기, 아니, 차지혁 선수의 경기는 꼭 챙겨봐야겠군. 정말 멋진 투수야."

솔직한 키와구치의 감탄에 차동호의 어깨가 괜히 으쓱해

졌다.

"한국의 에이스지!"

오늘 경기만 본다면야, 차지혁은 국내 그 어떤 투수들보다 뛰어났다.

경기의 내용을 기사로 쓸 수 없어 회사로 돌아가면 부장에게 엄청나게 깨지겠지만, 차동호는 그래도 좋았다.

이런 멋진 경기를 자신의 두 눈으로 관람했으니 말이다.

Chapter 6

　20살이 되어 프로 선수 자격으로 등판했던 주니치 드래건
즈와의 첫 경기.

　비공식 경기였다지만, 개인적으로는 너무나 만족스러웠
다.

　마운드 위에서는 긴장되지 않았었는데, 아이싱을 시작하
자 하체가 파르르 떨리며 뒤늦게 온몸의 힘이 탁 풀려 버렸
다.

　난생 처음 겪는 이상 현상에 몸에 문제가 있는 건가 싶어
덜컥 겁이 나기도 했지만, 시간이 지나자 차츰 몸이 안정됐

고, 그제야 뒤늦은 긴장감이 온몸을 훑고 지나갔다는 걸 알 수 있었다.

마무리 운동을 하고, 스트레칭과 구단에서 붙여 준 전문 마사지사에게 온몸 마사지를 받고 난 후에야 집에 전화를 걸었다.

―여보세요?

"아버지! 첫 선발 경기 끝냈습니다!"

―고생 많았다. 어디 다친 곳은 없지?

"예! 비공식이었지만 상대가 어디였는지 궁금하지 않으세요?"

―궁금하다. 어느 팀과 경기를 한 거냐? 국내 팀은 아니었을 테고, 일본 프로 팀이었겠지?

"주니치 드래건즈였어요! 원래 라인업은 1.5군이었는데, 경기 당일 보니까 1군 베스트 선발 라인업인 거 있죠? 솔직히 약간은 긴장했는데, 막상 마운드에 올라서니까 아버지 말처럼 체질인지 크게 긴장이 되지 않더라고요. 하하하!"

―녀석, 고생 많았다. 목소리가 밝은 걸 보니 만족스럽게 투구를 한 모양이구나.

"예! 6이닝 1피안타 15탈삼진이요! 그리고 놀라지 마세요. 저 오늘 161km의 공을 던졌습니다! 그런데 비공식이라 기록에 남지는 않습니다. 그래도 아버지 아들 대단하죠?"

―멋지구나. 정말 잘했다. 지금처럼 자신 있게 네 공을 던지는 건 좋지만 자만하진 말아라. 어떤 운동선수도 자만하고 실력을 유지할 순 없다. 무엇보다 네 목표가 무엇인지를 항상 되새기며 부상에 유의하도록 해라. 그리고 구속에 대해서는 너무 크게 의미를 두지 않았으면 좋겠다. 네가 꾸준히 훈련을 해왔기에 가능했겠지만, 아무리 오키나와 날씨가 따뜻하다고 해도 벌써부터 무리해선 절대 안 된다. 알겠지? 혹시라도 구단에서 널 혹사하려고 든다면 그 즉시 나나 에이전시에 연락을 하도록 해라. 바로 해결을 해줄 테니까.

"걱정 마세요. 구단에서도 신경 써주고 있습니다. 어머니는요?"

―옆에 있다. 바꿔주마.

아버지, 어머니, 지아와 통화를 마치고 나자 더할 나위 없이 기분이 상쾌했다.

지금까지 느껴보지 못했던 묘한 자부심과 성취감이 들기도 했다.

중학교, 고등학교 시절 전국을 떠들썩하게 만들었던 선발 등판을 했을 때에는 느껴보지 못한 감정이었다.

기록에는 포함되지도 않는 비공식 친선경기 따위에 어째서 이런 기분이 드는지 이해가 가질 않았지만 말이다.

이런 들뜬 기분을 다른 선배들에게는 보여줄 수가 없었다.

6이닝까지 완벽하게 주니치 드래건즈의 타선을 막은 나와는 다르게 다른 투수들이 난타를 당하며 결국 7 : 1이라는 큰 점수 차이로 패배를 했기 때문이다.

마츠 타카야가 내려간 주니치 드래건즈의 불펜은 여전히 강했지만, 내가 내려온 대전 호크스의 불펜은 주니치 드래건즈의 타선을 막아낼 정도로 강하지 못했다.

솔직하게 말해서 더그아웃에서 난타를 당하는 불펜진을 보며 느낀 감정은 단 하나였다.

완투.

야구는 절대 혼자 할 수 없지만, 마운드는 혼자 지킬 수가 있기에 가능한 일이다.

만약 정규 시즌이 시작되기 전까지 대전 호크스의 불펜진이 오늘과 같은 실망스러운 모습을 보여준다면 매 선발 경기마다 완투를 목표로 공을 던져야 할지도 몰랐다.

"체력이 관건이야."

완투를 하기 위해선 무엇보다 체력이 핵심이다.

오랜 시간 마운드에 서서 많은 공을 던지려면 체력이 뒷받침되어야만 한다.

더불어 이닝당 투구수도 줄여야만 한다.

주니치 드래건즈를 상대로 6이닝 동안 71개의 공을 던졌다.

이닝당 평균 12개의 공을 던진 셈이다.

남은 7, 8, 9이닝을 던졌다 가정하면 36개가 늘어나니 9이닝 동안 107개가 된다.

많은 공은 아니다. 그러나 투수의 투구수만큼 예상이 힘든 것도 없다.

1이닝 동안 5개를 던질 수도 있고, 20개가 넘는 공을 던질 수도 있는 게 야구다.

그렇다면 투구수를 줄이기 위한 방법은?

사람들은 말한다.

삼진을 잡는 투수보다 맞춰 잡는 투수의 투구수가 훨씬 더 적다고.

과연 그럴까? 말 그대로만 따진다면 틀린 소리는 아니다.

삼진을 잡기 위해서는 3개의 공을 던져야 하지만 맞춰 잡는 투수는 1구만으로도 타자를 범타 처리시켜 아웃 카운트를 만들 수 있기 때문이다.

하지만 맞춰 잡는다는 건 말처럼 쉬운 일이 아니다.

투수가 정교한 컨트롤과 타자와의 수 싸움을 통해 의도적으로 땅볼이나 뜬공을 유도할 수는 있다. 하지만 모든 땅볼이나 뜬공이 범타 처리가 되는 것에 대해서는 어떠한 역할도 할 수 없는 게 투수이기도 했다.

이걸 두고 'BABIP' 이라고 하는데, 이는 간략하게 말해서

A급 투수든, B급 투수든 타자가 인플레이시킨 타구에 대해서는 안타나 범타로 통제하는 능력의 차이가 없다는 소리다.

이 부분에 대해서도 나는 100% 동의를 하지는 않는다.

인플레이 된 타구라고 모두 같은 타구는 아니니까.

예를 들어 구위가 묵직한 투수의 땅볼과 그렇지 못한 투수의 땅볼은 분명 차이가 있다. 그럼에도 분명한 건, 인플레이가 된 타구가 안타가 되느냐, 범타가 되느냐는 투수의 소관이 아니라는 사실이다.

수비, 구장, 운, 타자의 능력까지 복합적인 문제가 끼어들게 된다.

에러를 거의 범하지 않는 내야수라면 대부분의 땅볼을 아웃 처리할 거다.

구장의 상태가 수비하기에 최적의 조건이라면 땅볼이든, 뜬공이든 수비수는 수비에만 전념하게 되니 그 역시 아웃 카운트를 늘리는데 무리가 없게 된다.

운 또한 마찬가지고, 같은 땅볼이라 하더라도 발이 느린 타자라면 무난하게 아웃 카운트를 만들어 낼 수 있다.

이 모든 경우가 반대라면?

리그 최하위의 수비 실력으로 에러를 밥 먹듯이 하는 수비수, 관리가 제대로 되지 않아 수비수들이 항상 불안해하는 구장, 치는 족족 빗맞은 타구, 평범한 땅볼도 내야 안타로 만들어 내는 빠른 발의 타자 등 모든 것은 예측이 불가능한 일이다.

그러다 보니 단순하게 맞춰 잡는 투구만으로 투구수를 줄인다는 말은 결코 맞지 않는 소리다.

투구수를 줄일 수 있는 가장 확실한 방법은 최소한으로 타자를 상대하는 것뿐이다. 오히려 확실하게 타자를 아웃시킬 수 있는 삼진이 어설프게 맞춰 잡는 투구보다는 투구수를 줄일 수 있는 확실한 방법이다.

어떤 투수도 삼진만으로 타자를 잡을 순 없다.

결과적으로 투수는 적당한 삼진과 맞춰 잡는 피칭 스타일로 투구수를 줄여야 하는데, 그 해결책은 단 하나뿐이다.

스트라이크 존을 자유자재로 공략할 수 있는 공격적인 피칭 능력.

이거면 된다.

흔한 말로 '볼질'을 하지 않으면 된다.

야구라는 스포츠에서 가장 공격적인 포지션은 타자가 아닌 투수다.

타자는 안타를 치지 않고도 얼마든지 1루로 걸어 나갈 수 있다.

소극적으로 볼넷을 기다린다 해서 타자를 탓하는 사람은 아무도 없지만, 소극적으로 볼을 남발하여 볼넷을 주는 투수는 모든 사람에게 질타를 받는다.

같은 팀의 야수들조차 인상을 찌푸린다. 그렇기에 투수는 공격적으로 투구를 해야 하고, 단순히 스트라이크 존에 억지로 공을 쑤셔 넣는 것이 아닌 지능적으로 스트라이크 존을 공략할 줄 알아야 한다.

그렇기에 투수에게 있어 커맨드와 제구력이 중요한 거다.

1㎝의 간격조차 자유자재로 공략할 수 있는 제구력과 어떤 상황에서도 원하는 곳에 과감하게 공을 던질 수 있는 커맨드는 투수에게 있어 가장 중요한 능력이다.

어렸을 때부터 아버지는 이 점을 강조했었다.

볼넷을 줄 바에야 차라리 안타를 맞아라.

맞는 말이다.

볼넷은 100% 타자를 출루시키지만, 안타의 확률은 그보다 훨씬 적다.

잘 맞은 타구가 수비수에게 잡힐 수도 있으니까.

제구력과 커맨드만큼은 부족하지 않다 여기지만, 더 가다듬을 필요가 있었다. 아니, 실전에서 효과적으로 사용할 수 있는 능력을 완성시켜야 했다.

삼진을 잡는 것도 좋지만, 우선 내가 원하는 방향으로 타구를 만들어낼 수 있는 능력을 길러야만 했다. 더불어 조금 더 과감하게 공격적으로 공을 던질 필요도 있었다.

주니치 드래건즈와의 친선경기로 얻은 것이 의외로 많았다.

내 공이 프로에서도 확실하게 통한다는 사실, 내가 전력으로 던지는 공이 100마일을 찍었다는 점, 앞으로 내가 어떤 능력을 더 집중적으로 갈고닦아야 할지 등등 의외의 수확들이 많은 하루였다.

*　　　　*　　　　*

하루가 반복적으로 돌아가는 전지훈련 속에서도 매일매일이 새로웠다.

체인지업과 투심 패스트볼의 제구력이 조금씩이지만 손에 익는 느낌이었고, 기존의 구종들도 더욱더 징교하게 컨트롤이 가능해지고 있었다.

체력 부분에 있어서도 무리하지 않고 조금씩 강도를 높여갔고, 프론트에 부탁해서 매일같이 국내 타자들의 자료를 분석하며 데이터 야구에도 서서히 눈을 뜨기 시작했다.

물론 데이터 야구를 무조건 신뢰할 생각은 없었다.

적당히 이해하며 적용을 할 뿐이었다.

반복되는 훈련 속에서도 친선경기는 계속해서 잡혔고, 백유홍 감독과의 면담을 통해서 선발이 아닌 중간 계투조로 마운드에 오르는 일이 잦아졌다.

선발투수인 내가 중간 계투로 나선 건 나와 백유홍 감독의
생각이 맞았기 때문이다.

위기관리 능력의 확인.

주자가 없는 상황에서 편안하게 투구를 하는 것과 단타만
으로도 실점을 할 수 있는 상황에서 투구를 할 때의 피칭 능
력을 백유홍 감독은 확인하고 싶었고, 나 역시 실점이라는 부
담감 속에서 얼마나 공격적으로 피칭을 할 수 있을지 나 스스
로를 점검해 보고 싶었다.

그 외에도 도루 능력이 뛰어난 주자를 두고 마운드에 오르
거나, 타자와의 수 싸움에서 원하는 방향으로 타구를 만들어
내는 등 친선경기가 벌어지는 동안 꽤 많은 것들을 시험하고
확인하며 나 자신에 대해서 보다 확실하게 알 수 있었다.

부족하리만큼 시간이 빠르게 흘렀고, 어느덧 전지훈련이
모두 끝나 귀국을 앞두고 있었다.

귀국을 해서 집으로 돌아가자 황병익 대표가 어처구니없
을 정도의 놀라운 소식을 전해줬다.

"예? 그게 무슨……."

너무 황당해서 말도 제대로 나오질 않았다.

"솔직히 저도 꽤 당혹스럽습니다. 하하하."

어색하게 웃고 있는 황병익 대표의 얼굴만 봐도 그가 얼마나 당황하고 어이없어 했을지 눈에 선명히 그려졌다.

"정말 궁금해서 그러는데… 전지훈련 기간 동안 도대체 어떻게 하고 다닌 겁니까?"

황병익 대표의 물음에 나는 눈만 깜빡였다.

이런 물음을 건네는 대에는 다 이유가 있었다.

아직 시즌이 시작하지도 않았는데 대전 호크스 쪽으로 이적에 관한 통보가 전해졌다.

동시에 YJ에이전시에는 이적에 대한 진지한 협상 테이블을 마련해 보자는 제의가 왔다.

이적 협상을 하고 싶다는 팀은 놀랍게도 주니치 드래건즈였다.

친선경기 한 경기를 했을 뿐이다.

그런데 이적 협상 제의가 들어왔으니 대전 호크스, YJ에이전시, 그리고 나까지 모두 어안이 벙벙했다.

자그마치 350억이다.

그 큰돈을 주니치 드래건즈는 동네 껌값 지불하듯 대전 호크스에 지불할 용의가 있다고 일방적으로 통보한 것이다.

바이아웃 조항에 의해 대전 호크스로서는 내가 주니치 드래건즈와 협상을 하게 되어 계약이 성사되면 350억에 군소리 없이 이적 동의를 해야만 했다.

"그래서 그랬군요."

무슨 소리냐는 듯 날 바라보는 황병익 대표와 아버지를 바라보며 공항에 내리기가 무섭게 백유홍 감독이 내게 무슨 할 말이 있는 듯 물끄러미 바라보다 이내 다급하게 구단으로 돌아갔던 모습을 이야기해 주었다.

"우선 주니치 드래건즈 측에서는 무조건 대전 호크스에서 받는 연봉과 보너스의 3배를 제시할 용의가 있다고 전해왔습니다. 최고 1억 엔까지는 협상이 가능하다는 뜻도 살짝 비쳤습니다."

1억 엔이 얼마인지 제대로 못 알아듣자 황병익 대표가 웃으며 대답했다.

"10억이 조금 안 되는 금액입니다."

"연봉으로 10억을 제시했다는 말입니까?"

내가 놀라서 묻자 황병익 대표가 뭘 그 정도로 놀라냐는 듯 대꾸했다.

"미네소타 트윈스와 계약을 했다면 최소 그 3배 이상은 받았을 겁니다. 고작 1억 엔 정도에 놀란다면 차지혁 선수는 자신의 가치가 시장에서 얼마나 높았는지를 전혀 모르고 있었다는 뜻밖에 되질 않습니다."

잊고 있었다.

덕분에 내가 얼마나 큰돈을 포기했는지도 다시 깨달았다.

"대전 호크스 분위기는……."

내가 말끝을 흐리자 황병익 대표가 웃으며 대답했다.

"정신이 없을 겁니다. 차지혁 선수가 동의만 한다면 시즌을 코앞에 두고 주니치 드래건즈에 빼앗기게 생겼으니 말입니다. 3월 15일이 이적 마감일이니 그 전까지 대전 호크스는 차지혁 선수를 잡을 것인지, 새로운 대체자를 찾을 것인지를 두고 고민을 하게 될 겁니다. 물론 그 이전에 차지혁 선수에게 확실하게 의중을 물어 올 겁니다. 아무래도 시간이 빠듯하니 말입니다."

"주니치 드래건즈의 협상 제안은 거절하겠습니다."

구태여 생각해 볼 필요도 없는 제안이었다.

아직도 대전 호크스의 팀에 완전히 스며들지 못했는데, 돈 때문에 주니치 드래건즈로 이적한다? 말도 안 되는 소리다.

무엇보다 애초부터 국내 잔류가 목적이었으니 일본 진출 따윈 생각해 본 적도 없었다.

"그럴 줄 알았습니다."

황병익 대표는 예상했다는 듯 순순히 고개를 끄덕였다.

에이전시로서 알려줘야 할 의무가 있었기에 말을 했을 뿐이라는 태도였다.

"쓸데없는 이야기로 대화가 길어졌구나. 밥 먹도록 하자."

아버지의 말에 나와 황병익 대표가 서로를 바라보며 피식 웃었다.

*   *   *

2026년 3월 21일 토요일.

프로 야구 시범 경기가 시작되는 날이다.

21일을 시작으로 29일까지 10개의 프로 구단이 동시에 시범 경기를 갖는다.

대전 호크스는 21일 부산 사직구장에서 부산 샤크스를 시작으로 창원 타이탄스, 강북 바이킹스, 서울 버팔로스, 수원 드래곤즈, 광주 피닉스, 대구 블루윙즈, 인천 돌핀스, 강남 맨티스까지 일정이 차례대로 잡혀 있었다.

2026년 4월 11일 토요일.

대망의 2026년 프로 야구 시즌이 개막한다.

10개의 프로 구단이 총 135경기를 치르는 페넌트 레이스 (Pennant race)는 프로 선수들에게 있어 피를 말리는 죽음의 경쟁이다.

2017년 세계 야구 개혁이 일어나기 전까지만 하더라도 한국 프로 야구는 일주일 중 하루, 월요일을 휴식하고 나머지 6일은 경기를 하는 패턴으로 페넌트 레이스를 벌였다.

2018년 7월 국제야구연맹에서 주관하는 IBAF 챔피언스 리그(IBAF Champions League)가 생겨나면서 한국, 미국, 일본 등 프로 리그가 있는 모든 나라는 페넌트 레이스 일정이 완전히 바뀌게 된다.

7월 한 달은 각국의 프로 리그 구단 중 상위의 팀들이 미국에서 한 달 동안 최고의 프로 팀을 가리는 경기를 벌인다.

미국 메이저리그 구단 중 상위 10개 구단, 일본 6개 구단, 한국, 쿠바, 대만에서 4개의 구단, 그 외 멕시코, 베네수엘라, 도미니카 공화국, 유럽 등 아마추어 야구 구단 중 4개의 구단이 각각 조를 이뤄 챔피언을 가리기 위한 치열한 경쟁을 벌인다.

매년 7월은 전 세계 야구 축제의 기간이라 볼 수 있었다.

아직까지는 메이저리그 구단이 단 한 번도 챔피언스 리그 우승을 놓친 적이 없었지만, 강력한 경쟁자 혹은 깜짝 활약으로 4강이나 결승까지 올라가는 구단들이 심심찮게 생겨나면서 앞으로 얼마나 더 메이저리그 구단들이 우승을 하게 될지 예측을 불허했다.

"7월까지 일정이 빡빡하니 체력 관리에 더욱 집중해야 한다."

최상호 코치의 말에 고개를 끄덕였다.

이미 숙지하고 있었다.

4월 11일을 시작으로 9일 동안 쉬지 않고 경기가 벌어지고, 하루를 쉬는 패턴으로 페넌트 레이스가 진행된다.

6월 28일 정확하게 모든 구단은 72게임을 치르고, 7월 휴식월을 맞이한다.

작년 페넌트 레이스 상위 4개의 팀은 곧바로 미국으로 날아가 챔피언스 리그를 치러야 하지만 미국 현지에서 각국의 상위 프로 팀과 경기를 한다는 건 굉장한 장점을 가지고 있었다.

특히 선수들에게는 엄청난 기회의 장이었다.

미국 메이저리그 구단과 일본 프로 구단을 상대로 활약을 벌이면 자신의 몸값을 높일 수 있기 때문이다.

반대로, 상위 4개 팀을 제외한 6개의 팀은 7월 한 달 동안 아주 편안하게 휴식을 취한다.

23일 챔피언스 리그 시상식과 함께 대회가 폐막하면 한국은 26일부터 30일까지 올스타전이 벌어진다. 그리고 다시 8월 1일부터 페넌트 레이스가 이어지고 10월 8일 총 135게임의 길었던 페넌트 레이스가 종료된다.

이후 준플레이오프, 플레이오프, 한국시리즈를 마지막으로 2026년의 야구가 끝이 난다.

"시범 경기는 결정한 거냐?"

"예. 2일 간격으로 총 5차례 1~2이닝 불펜으로 등판하기로 백유홍 감독님과 이야기를 마쳤습니다."

"그게 더 좋을 수도 있겠지."

주니치 드래건즈의 갑작스런 이적 협상으로 인해 대전 호크스에서는 심장이 덜컥 내려앉는 경험을 해야만 했다.

만에 하나라도 내가 주니치로 이적을 해버리겠다고 선언해 버리면 대전 호크스는 아무리 많은 이적료를 받는다 하더라도 소중한 선발 자원 한 명을 잃어버리는 것이기에 긴장하지 않을 수가 없었다.

덕분에 유정학 단장, 김태열 팀장, 백유홍 감독까지 집으로 찾아왔을 정도였다.

이적 생각이 전혀 없다는 내 말에 세 사람은 크게 안심해서 돌아갔고, 며칠 뒤 황병익 대표가 집으로 찾아와 이번 사태로 인해 대전 호크스에서 나에 대한 편의를 상당 부분 봐주기로 했다는 말을 하며 싱글벙글 웃었다.

실제로도 시범 경기 등판에 있어 백유홍 감독은 두 가지 제안을 나에게 직접 해왔다.

21일 부산 샤크스와 26일 광주 피닉스와의 경기에서 선발로 등판해서 각각 3이닝씩 투구를 할 것이냐, 21일부터 격일로 불펜으로 마운드에 올라 최소 1이닝에서 최대 2이닝을 투구할 것이냐를 물었던 거다.

선수 기용의 절대적인 권력을 행사하는 감독의 입장에서

고졸 신인 선수에게 이런 제안을 했다는 것 자체가 굉장히 파격적인 일이었다.

고민 끝에 선발로 두 경기 나서는 것보다는 불펜으로 등판하는 것이 시즌 준비에 더 도움이 될 것이라고 판단했다.

"시범 경기가 시작되면⋯ 잠시만."

말을 하던 최상호 코치는 핸드폰이 울리자 미안하다며 재빨리 핸드폰을 받았다.

"앞이라고요? 곧 나가죠."

최상호 코치는 잠시 기다리라는 말과 함께 집 뒷마당에 마련되어 있는 훈련장을 빠져나갔다.

가볍게 스트레칭을 하는 사이 최상호 코치가 돌아왔는데, 그의 곁엔 대한민국 사람이라면 대부분의 사람들이 알 정도로 굉장히 유명한 인물이 나란히 서 있었다.

"박호찬 선배님?"

최상호 코치와 함께 훈련장에 들어선 사람은 놀랍게도 한국인 최초의 메이저리거 박호찬이었다.

박호찬에 대해 무슨 설명이 필요할까?

최상호 코치와 더불어 박호찬이 한국 프로 야구에 기여한 기여도는 어마어마했다.

지금은 순전히 개인 사비를 들여 '박호찬 유소년 야구 학교'를 설립 중에 있을 정도로 한국 프로 야구의 미래를 위해 열심히 뛰고 있어 많은 사람들이 그를 존경하고 있었다.

박호찬이 먼저 나에게 다가와 손을 내밀었다.

"반가워요. 차지혁 선수에 대해서는 귀가 따갑도록 들어서 꼭 한 번 만나보고 싶었어요. 상호 이 친구가 웬만해선 칭찬을 잘하지 않는데 차지혁 선수에 대해서만큼은 입에 침이 마르도록 칭찬을 하니 올 시즌 기대가 커요."

"영광입니다! 박호찬 선배님처럼 훌륭하신 분과 꼭 한 번 만나 뵙고 싶었었습니다."

마주 손을 잡고 꾸벅 인사를 하자 박호찬이 그렇게 격식 따질 필요 없다며 소탈하게 웃었다.

"인사치레는 나중에 하시고, 우선 녀석 상태부터 좀 봐주시죠."

"인사치레라니? 난 진심이라고."

최상호 코치의 말에 박호찬이 그렇게 말하며 날 바라보며 눈을 찡긋거렸다.

꽤 유쾌한 남자인 것 같았다.

"저도 마찬가지입니다. 박호찬 선배님처럼 훌륭한 분이 있으셨기 때문에 한국인들이 메이저리그에서도 당당하게 어깨를 펼 수 있다고 생각합니다."

"하하하하!"

박호찬이 기분 좋게 웃었고, 나 역시 마주 웃었다.

최상호 코치는 더 이상 잡담하지 말고 얼른 훈련이나 하라면서 나와 박호찬을 닦달했다.

　"체인지업은 모든 투수들이 다 던질 수 있는 구종이지만 제대로 구사하기란 결코 쉽지 않은 구종이기도 하지. 나 같은 경우 은퇴 직전까지도 계속해서 체인지업을 갈고닦아야만 했지. 물론 지금도 마찬가지고 말이야."

　박호찬이 이 자리에 나타난 이유는 최상호 코치가 특별히 부탁을 했기 때문이다.

　박호찬의 이름을 떠올리면 대다수의 사람들이 명품 체인지업을 먼저 생각한다.

　그만큼 박호찬의 체인지업은 굉장한 수준이었고, 메이저리그에서도 확실하게 통했던 구종으로 평가를 받는다.

　최상호 코치는 개인적인 친분을 이용해 박호찬에게 시간을 내달라고 부탁을 한 것이다.

　"들어보니 벌써 꽤 많은 구종을 확실하게 던질 줄 안다고 하던데, 맞나?"

　편안하게 말을 하는 박호찬을 향해 자신 있게 고개를 끄덕였다.

　"포심 패스트볼, 파워 커브, 컷 패스트볼은 어느 정도 자신이 있습니다."

　자만이 아니라 자신감이다.

몸이 좋지 않다거나 컨디션에 이상이 없는 이상, 열에 여덟아홉은 원하는 코스로 공을 던질 자신이 있었다.

원하는 코스에서 벗어난다 하더라도 그 오차 간격은 그리 크지 않았다.

다만, 사람인 이상 실투는 어쩔 수 없는 문제였다.

"이거 참."

내 대답에 박호찬이 뜻 모를 웃음을 지으며 최상호 코치를 바라봤다.

"저놈이 그렇게 타고난 거지 내가 작정하고 그렇게 만든 것 아니니까 그렇게 볼 것 없습니다."

최상호 코치의 말에 그제야 박호찬의 웃음이 무엇을 의미하는지 알 수 있었다.

동질감, 동류다.

한국인 최고의 강속구를 자랑했던 박호찬이다.

파워 커브 역시 뛰어났고, 컷 패스트볼 또한 던졌다. 거기에 체인지업과 투심 패스트볼까지.

생각해 보니 내가 던지는 구종들이 박호찬이 던졌던 구종들과 굉장히 닮아 있었다.

물론 투수가 던질 수 있는 구종의 종류를 따져 보면 같은 구종을 던지는 선수들은 발에 치일 정도로 많다.

강력한 포심 패스트볼을 던지는 강속구 투수들이 선택하

는 변화구 역시 크게 다르지 않다.

내가 박호찬을 따라 구종을 배웠다 하기엔 어폐가 있었다.

하지만 박호찬 입장에서는 다르다.

자신과 비슷한 동류의 어린 투수가 이미 엄청난 스포트라이트를 받고 있었다.

결코 싫은 느낌일 수가 없다.

자신의 젊은 시절을 보는 것 같은 기분이 들 수도 있다.

"좋아! 이왕이면 다른 것들도 한 번 싹 봐볼까?"

박호찬이 걸치고 있던 재킷을 벗어 한쪽에 내려두며 소매를 걷었다.

대충 체인지업만 보고 가려고 했던 마음이 싹 사라져 버렸다는 걸 알 수 있었다.

"그렇게 해주시면 저로서는 더할 나위 없는 영광입니다!"

진심이다.

박호찬과 같은 대단한 선수 시절을 지낸 사람이 코칭을 해준다는 건 아주 특별한 일이다.

무엇 하나라도 얻을 수 있는 기회고, 그런 기회를 가볍게 넘길 정도로 난 어리석지 않았다.

박호찬에게는 미안한 소리지만… 오늘 그를 꽤 괴롭혀 줄 마음이 들었다.

"그만, 그만! 더 이상은 지쳐서 못하겠다."

오후 3시에 시작된 박호찬과의 일대일 레슨이 어느덧 오후 10시가 넘어서야 끝이 났다.

중간에 저녁을 먹은 걸 제외하면 쉬는 시간이 거의 없었다.

박호찬은 내가 던지는 포심 패스트볼부터 시작해서 모든 구종의 장점과 단점을 자신의 생각대로 풀어내며 설명해 주었고, 그 과정 속에서 나는 지금까지 알지 못했던 점들을 알게 됐다.

이를 테면 포심 패스트볼의 구속을 임의적으로 조절하는 능력, 파워 커브의 각도를 조절해 타자를 속이는 방법, 모든 구종의 무브먼트를 조금 더 효과적으로 줄 수 있는 방법 등 박호찬만의 노하우를 습득할 수 있었다.

덕분에 쉬지 않고 이어지는 질문 세례에 박호찬은 오후 10시가 넘어가자 두 손을 들고 항복을 외치고 말았다.

"상호야, 너 정말 엄청난 놈을 가르치고 있었구나."

최상호 코치는 박호찬과의 레슨에 조금도 관여하지 않고 뒤에서 말없이 지켜보기만 했다.

두 사람 모두 한국을 대표하는 대투수로 활약했던 만큼 각기 다른 노하우와 피칭 스타일을 갖고 있었다.

박호찬의 가르침에 최상호 코치가 끼어들 이유가 없었고, 박호찬 역시 내 몸에 배인 최상호 코치의 가르침에 대해서는 일절 터치하지 않았다.

"고생했습니다, 선배."

최상호 코치의 인사에 박호찬이 아니라는 듯 손사래를 쳤다.

"이런 멋진 녀석을 가르칠 수 있었던 내가 영광이지. 이제 어디 가서 차지혁에게 공 던지는 법 좀 가르쳤다고 말할 건덕지가 생긴 거잖아? 하하하!"

유쾌하게 웃는 박호찬을 향해 최상호 코치가 피식 웃었다.

"부탁도 들어줬으니 오늘은 제가 한잔 사죠."

"지혁아, 너도 같이 갈래?"

이제 성인이 되었으니 술자리에 얼마든지 낄 자격이 생겼다.

전지훈련 때 맥주 먹고 기억이 삭제된 경험 때문에 술에 대한 거부감이 없잖아 있었지만, 이들 두 사람과 함께하는 술자리를 거부하고 싶지는 않았다.

"저야 허락만 해주신다면……."

"미안하지만 오늘은 빠져라."

내 말을 단칼에 잘라 버리는 최상호 코치로 인해 좋은 기회를 놓쳐야만 했다.

어쩔 수 없이 다음 기회를 약속하며 훈련장을 빠져나가는 박호찬과 최상호 코치의 뒷모습만 아쉽게 바라보다 홀로 훈련을 복습하기 시작했다.

항상 모든 훈련은 그날 습득한 것들을 잊지 않기 위해 반복하는 것이 제일 중요하다는 걸 몸으로 체득하고 있었다.

Chapter 7

"헤이~ 차!"

구장 훈련장으로 향하던 나에게 반갑게 인사를 하며 손을 흔드는 거구의 흑인.

메이슨 발레타.

며칠 전에야 팀에 합류한 외국인 용병으로 포지션은 3루수 고, 나이는 한국식으로 29살에 출신 국가는 미국이다.

볼티모어 오리올스와 계약 중인 노퍽 타이즈(Norfolk Tides) 라는 트리플A 팀에서 3시즌 동안 그럭저럭 괜찮은 성적을 냈 지만, 메이저리그로 오르질 못해 한국행을 선택했다고 했다.

매주 꼬박꼬박 영어 과외를 받은 지도 어느덧 3년이 지났기에 어느 정도 간단한 대화 정도는 자신이 있었다.

자신이 없다 하더라도 목표가 메이저리그인 이상 영어에 숙달되어야 한다는 생각 때문에 외국인 용병들과는 제법 가깝게 지내려고 하는 편이었다.

"발레타, 지금 오는 거야?"

영어의 가장 좋은 점은 대화를 편안하게 할 수 있다는 점이다.

나이가 나보다 한참 많고, 선배라 하더라도 한국어처럼 격식을 높일 필요가 없기에 대화에 대한 부담이 적었다. 물론, 영어에도 높임말이 있지만 대다수의 운동선수들은 그런 부분에 신경을 쓰지 않았다.

"며칠 뒤면 시범 경기니까 열심히 훈련을 해서 한국에 내가 어떤 선수인지 확실하게 알려야지!"

의욕이 넘쳤다.

모든 야구 선수들의 꿈은 메이저리그에서 선수 생활을 하는 거다.

미국 마이너리그에서 활약하던 선수들이 한국이나, 일본 등 외국 프로 리그를 찾는 가장 큰 이유는 돈 때문이기도 하지만 그렇다고 메이저리그에 대한 희망을 접은 건 절대 아니다.

오히려 한국이나 일본에서 훌륭한 성적을 거둬 메이저리그로 입성하는 선수들도 적지 않았기에 마이너리그에서 어느 정도 성적을 내면서도 좀처럼 메이저리그로 오르지 못하는 선수들은 일부러 한국이나 일본 프로 무대를 찾기도 했다.

메이슨 발레타 역시 그중 한 명이었다.

날렵한 체격이 아니라 스피드는 없었지만, 파워가 좋았고 3루 수비 능력도 상당히 훌륭했다.

딱 한 번 수비 연습하는 걸 봤는데, 거구임에도 아주 유연하게 수비를 하던 모습이 꽤 인상적이었다.

"커렌은?"

발레타와 함께 대전 호크스의 용병 타자로 계약을 한 그랜트 커렌은 항상 붙어 다녔다.

같은 미국 국적을 가지고 있었고, 나이도 비슷해서 만난 지 얼마 되지도 않았음에도 단짝처럼 지내고 있었다.

"오늘 몸이 좀 안 좋아서 쉰다고 했어. 음식이 입에 잘 맞지 않는지 어제는 하루 종일 설사를 하더라고."

걱정스럽게 말을 하는 발레타였다.

겉으로 보기엔 거구의 흑인이라 동양인들에게는 꽤 위압스러운 모습이었지만, 실제로 대화를 해보면 발레타는 속이 꽤 여린 남자였다.

흑인 특유의 흥이 있어서 항상 웃는 얼굴이었고, 과장된 제스처로 주변을 웃게 만드는 재주도 가지고 있었다.

"먼 곳까지 와서 고생이네."

"그 정도 각오도 없이 어떻게 성공을 하겠어?"

"하긴."

고통 없는 영광은 없다.

아버지의 말이 다시금 떠올랐다.

시차, 문화, 음식, 언어, 생활 습관 등 모든 것이 다른 한국까지 와서 야구를 하겠다고 마음을 먹었을 때엔 보통 각오로는 어림도 없는 일이다.

지금은 발레타의 이야기겠지만, 몇 년 후에는 내 이야기가 될 것이다.

국내 생활을 청산하고 미국 땅을 밟는 순간부터 힘겨운 삶이 시작된다.

박호찬 선배도 그랬고 최상호 코치도 그랬다.

눈물 젖은 햄버거를 먹어보지 못하면 미국에서 절대 성공할 수 없다고 했다.

야구 선수들 중에서도 메이저리그의 문을 두드려 볼 실력과 재능을 겸비한 이들이 있지만, 실제로 미국행 비행기를 타는 이들은 그리 많지 않았다.

낯설음과 두려움에 대한 공포, 그리고 불확실한 미래에 대한 불안 때문이다.

국내에 남아 있으면 충분히 남부럽지 않게 선수 생활을 할 수 있으니 괜한 도전 정신으로 힘겨운 삶을 살 필요가 없다 여기는 거다

그런 결정을 타인들이 옳다, 틀리다 판단 내릴 자격은 없다.

조언은 해줄 수 있어도, 결코 비난해선 안 된다.

실패했을 때의 책임은 온전히 당사자의 몫이니 결정 역시도 당사자가 내려야 하는 부분이다. 하지만 팬의 입장에서 아쉬운 감정을 드러낼 순 있다고 생각한다.

어느 누군가 그랬다.

현실에 안주한 운동선수에게 더 이상의 기량 발전은 없다.

절대 틀린 소리가 아니다.

운동선수뿐만 아니라 모든 사람들에게도 통용되는 말이다.

그래서 사람은 항상 노력해야 하는 거다.

훈련장 입구에 들어서기 직전, 프론트 직원이자 장태훈의 사촌 여동생인 강하영이 살짝 손을 흔들며 아는 체를 하며 다가왔다.

"와우~! 예쁜데? 여자 친구?"

발레타가 내 어깨를 툭 치며 물었다.

"구단 프론트 직원."

간단하게 대답하고는 강하영을 바라봤다.

여자를 사귀어 본 적은 없지만, 일전에 그녀가 나에게 대시를 해왔다는 건 알 수 있었다. 그리고 그 자리에서 난 확실하게 대답을 해주었고, 이후 그녀와 얼굴을 마주한 적이 없었다.

"차지혁 선수에게 인터뷰 요청이 들어왔어요."

"인터뷰요?"

귀찮은 일이다.

기자들과 앙숙처럼 지낼 필요는 없지만, 가깝게 지낼 이유도 없었다.

호의적인 기사를 써준다면 고마운 일이었지만, 그렇다고 기자들과 가깝게 지내며 귀찮고 번거로운 일을 만들 필요는 없었다.

최상호 코치와 박호찬 선배 역시도 기자라면 대번에 고개부터 절레절레 저었다.

특히 박호찬 선배의 말이 압권이었다.

"초원에 하이에나가 있다면 사회엔 기자가 있다."

많은 뜻을 내포하고 있는 말로 최상호 코치는 박호찬 선배의 말에 박수까지 치며 명답이라고 감탄을 했었다.

선수 시절과 이후 야구 개혁에 있어서 많은 기자들에게 시달렸던 최상호 코치였기에 기자라면 질색을 하는 사람이었다.

"이게 전부 신인왕 후보 0순위인 차지혁 선수에 대한 관심이죠. 구단 입장에서도 시범 경기 전에 차지혁 선수가 제대로 된 인터뷰를 한 번 정도는 해줬으면 하고요. 백유홍 감독님께도 이미 허락을 받았어요. 차지혁 선수 본인만 승낙하면 오후에 인터뷰가 잡힐 거예요."

강요는 아니지만 그에 준하는 부탁이었고, 무엇보다 야구 팬들에 대한 관심을 한 몸에 받고 있는 신인 선수인 만큼 내 고집만 부려대며 모든 인터뷰를 사절할 수도 없었다.

어쨌든 한 번은 해야 할 인터뷰였기에 시범 경기 기간 중이나, 시즌 도중 인터뷰를 하는 것보다 나을 것 같다는 생각도 들었다.

"그렇게 하겠습니다."

"그럼 점심 식사 이후… 차라리 점심 식사를 같이하면서 인터뷰를 할 수 있도록 시간을 만들까요?"

"그러… 죠."

기자와의 식사 자리가 부담스러웠지만, 생각해 보면 어차피 인터뷰를 하는 거 애꿎은 훈련 시간을 낭비하는 것보다 나을 것 같아 고개를 끄덕였다.

"12시 30분 정도면 되겠죠?"

강하영의 물음에 나는 손목에 차고 있던 시계를 확인해 봤다.

오늘 계획했던 오전 훈련을 소화하기에 약간 빠듯한 감이 있었다.

"1시간만 미루면 좋겠습니다."

"1시 30분이요?"

"예."

"알겠어요."

강하영은 걱정하지 말라는 듯 그렇게 대답하고는 이전과는 다른 눈빛으로 날 바라봤다.

"아직도 그날의 대답에는 변화가 없는 건가요?"

"예. 그럼 훈련 시간이 빠듯해서 먼저 들어가 보겠습니다."

가볍게 인사를 하곤 훈련장으로 들어가 버렸다.

"…너무 매정하네."

홀로 남은 강하영은 냉정하게 훈련장으로 들어간 차지혁을 떠올리며 미간을 살짝 찌푸렸다.

남자들의 대시만 받아오다 처음으로 마음에 드는 남자에게 용기를 내서 대시를 했는데 결과는 비참할 정도로 단호한 거절이었다.

그날 이후 차지혁의 얼굴을 볼 자신이 없어 최대한 마주치지 않으려고 노력했는데, 인터뷰 문제로 인해 어쩔 수 없이 만나게 되었고 최대한 아무렇지 않은 척 밝게 대했다.

그런데 얼굴을 마주하니 묘한 감정이 가슴 속에서 꿈틀거려 자신도 모르게 이전 일을 꺼내고 말았다.

역시 결과는 단칼에 거절이었다.

성급한 실수라는 걸 알지만, 이상하게도 이전만큼 창피하지는 않았다.

오히려 아쉬운 마음이 더 컸다.

연하에게 이런 감정을 가지게 될 줄은 꿈에도 몰랐다.

차지혁보다 얼굴이 잘생긴 남자는 주변에 수두룩했고, 돈 많은 남자도 제법 있었다.

매너 좋고 누구나 알아주는 학벌에 대단한 집안 사람의 대시도 받아봤다.

이상하게도 그런 사람들보다 차지혁에게 마음이 더 끌렸다.

나이도 어리고, 야구만 해서 학벌도 변변찮고, 대단한 재력가 출신도 아니고, 얼굴이 연예인처럼 잘생긴 것도 아님에도 불구하고 자꾸만 생각이 났다.

어쩌면 그것이 야구선수이기 때문인지 몰랐다.

어려서부터 야구를 좋아했던 강하영에게 야구선수는 세상에서 가장 멋진 남자 중 한 부류였다.

야구선수라면 누구나 좋아했던 어린 시절과 다르게 사촌 오빠인 장태훈이 국내 최고의 타자 중 한 명으로 유명세를 떨

치면서 눈이 높아졌고, 프론트 직원으로 취직을 하면서 선수들을 보는 눈이 더욱더 까다로워졌다.

그러다 소문 자자한 고교 선수 차지혁의 경기를 보게 되었다.

충격이었다.

누구보다 압도적으로 타자들을 상대하는 차지혁의 피칭 내용과 마운드 위에 자신감 있게 서 있는 모습이 어린 시절의 감성을 다시 한 번 끌어 올린 것이다.

그날 바로 차지혁의 팬 카페에 가입했을 정도로 강하영은 야구팬으로서 차지혁이라는 선수를 응원하기 시작했다.

차지혁이 대전 호크스와 계약을 할 수도 있다는 소식에 밤잠까지 설쳤고, 계약을 마쳤다는 사실엔 저도 모르게 환호성을 내지르며 엄마에게 미친년 소리를 들어야만 했다.

그렇게 자신이 가장 좋아하는 야구선수 차지혁이 사촌 오빠 장태훈을 삼진으로 돌려세우는 모습에서는 심장이 두근거렸다.

팬으로서의 감정인지 이성으로서의 감정인지 확신할 순 없었지만, 분명한 건 차지혁이라는 남자와 가깝게 지내고 싶다는 간절함이 존재하기 시작했다는 사실이다.

"아직 시간은 많으니까……."

강하영은 애써 밝게 웃으며 구단 사무실로 돌아가기 위해

바쁘게 걸음을 옮겼다.

＊　　＊　　＊

"차지혁 선수, 반갑습니다! 그동안 잘 지내셨죠?"

"…네, 안녕하세요."

친근하게 물어오는 남자 기자의 행동에 내가 얼떨떨해하자 그가 빙긋 웃었다.

"기억 못 하시나 보네요?"

"네?"

상대는 안면이 있다는 식으로 말을 하고 있었지만, 내 기억엔 전혀 떠오르지 않았다.

남자 기자는 양복 주머니에서 명함을 꺼내 건넸다.

받아든 명함에는 'CBC 인터넷 스포츠 기자 차동호' 라고 적혀 있었다.

"아! 혹시?"

어렴풋하게 생각이 났다.

고3 시절, 즉 작년에 집 앞에서부터 학교 정문까지 날 쫓아왔던 기자였다.

당시 한마디도 하지 않아 차동호 기자 입장에서는 무시를 당했다고 여길 수도 있었지만, 마지막까지 웃으며 예의를 지켰던 기억이 났다.

"에이전시 측에 몇 번이나 인터뷰 요청을 넣었는데 승인이 나질 않더군요. 그래서 구단 측에 인터뷰 요청을 하게 됐습니다. 다시 한 번 정식으로 인사하죠, 차동호라고 합니다."

악수를 건네는 차동호 기자의 모습에 나도 웃으며 손을 맞잡았다.

"대전 호크스 신인 투수 차지혁입니다."

"저는 연안 차씨 오산공파 52대손입니다. 혹시 차지혁 선수는 어떻게 되는지 아십니까?"

"…문열공파라고만 알고 있습니다."

"파는 달라도 그래도 같은 핏줄인 건 사실이죠. 안 그렇습니까?"

갑자기 왜 족보를 따지는 건지 이해할 수 없었다.

물론 이런 혈연관계를 중요하게 여기는 사람들이 아직까지 많다지만, 나는 딱히 의미를 두지 않았다.

같은 성씨에 같은 항렬이라 하더라도 어차피 서로 남이다.

가족, 친척들끼리도 남처럼 지내는 시대에 한낱 같은 성을 가졌다는 이유만으로 친분을 과시한다는 건 참 웃긴 일이었다.

"하하하. 제가 괜한 이야기를 했나 봅니다. 전 그저 차지혁 선수를 열렬히 응원하는 팬의 입장에서 조금이라도 친해지고 싫어 해본 말입니다. 저 그렇게 고리타분한 사람 아니니 오해를 마십시오."

"예."

"우선 식사부터 하시죠. 이곳 정식이 유명하다고 해서 미리 주문을 해두었습니다. 혹시라도 마음에 들지 않는다면 다른 메뉴를 고르셔도 됩니다."

"아닙니다. 한식은 저도 좋아합니다."

"다행이군요."

차동호는 차임벨로 종업원을 호출해서 식사를 가져다 달라고 말했다.

"인터뷰는 식사를 하면서 천천히 하도록 하겠습니다. 미리 말씀드리지만, 마음에 들지 않는 질문이나 대답하기 곤란한 질문에 대해서는 노코멘트를 하시거나 질문 자체를 거부하셔도 됩니다. 최대한 편안하게 인터뷰를 할 예정이니 조금이라도 불편한 부분이 있으시면 언제든 말씀하시길 바랍니다."

"예."

생각보다 굉장히 매너가 좋은 차동호 기자였다.

가끔 집 앞으로 찾아와 어깃장을 부리는 기자들과는 확연하게 다른 모습이었다.

하지만 겉모습에 현혹되어 기자의 입맛대로 인터뷰를 할

생각은 없었기에 정신을 바짝 차렸다.

"음식은 입에 맞습니까?"

"예. 맛있습니다."

유명한 한식당답게 정갈하고, 깔끔하니 입맛에 잘 맞았다.

오전 훈련으로 배가 고팠기 때문인지도 몰랐지만, 상 가득 푸짐하게 차려진 음식들을 쉬지 않고 입에 넣어 꼭꼭 씹었다.

그렇게 적당히 음식을 섭취하고 나자 본격적으로 인터뷰가 시작됐다.

차동호 기자는 녹음기를 꺼내 상 위에 올려놓았다.

"차지혁 선수의 어린 시절에 대한 이야기부터 시작해 보겠습니다."

내 어린 시절의 이야기는 이미 많은 사람들이 잘 알고 있었다.

중학교, 고등학교 시절부터 줄곧 나왔던 말이었기 때문이다.

차동호 기자가 그런 걸 모르지 않을 텐데라는 생각이 들었지만, 무슨 의도가 있겠거니 생각하며 솔직하게 이야기를 시작했다.

"아버님의 훈련 방식에 대해서는 어떻게 생각하십니까? 무언가 독특하다거나 특별하다 여기십니까?"

"기본기만을 중요하게 여기셨습니다. 딱히 특별할 것도 없었고, 독특한 훈련법도 없었습니다. 이미 많이 알려진 대로 제가 해온 훈련법은 아주 기본적인 것들뿐입니다. 다만, 1년 365일을 꾸준하게 훈련하게끔 하셨습니다. 정말 몸이 아픈 날에는 한 번씩 쉬었지만, 딱히 몸에 문제가 없을 때엔 비나 눈이 와도 제 곁에서 항상 함께 훈련을 하셨습니다. 사실 아버지가 곁에서 함께하지 않고 시키기만 하셨다면 저도 반항심이 들어 버티지 못했을 거라 생각하고 있습니다. 저만큼이나 힘들게 훈련을 하셨던 아버지가 곁에 있었기에 어린 나이에도 제가 버틸 수 있었습니다."

"아버님이 참 대단하셨군요."

"예. 지금의 제가 있는 이유는 아버지 때문입니다. 물론 뒤에서 항상 응원해 주고 맛있는 음식과 포근한 품으로 보듬어 주신 어머니와 운동하는 오빠를 둬서 부모님의 사랑을 빼앗길 수밖에 없었던 여동생 또한 어긋나지 않고 착하게 자라줬기 때문에 전 한순간도 고민하지 않고 운동에만 전념할 수 있었습니다."

"결국 가족 모두가 하나가 되어 지금의 차지혁 선수를 만들었다는 말이군요. 맞습니까?"

"그렇습니다. 조금도 부정할 수 없는 사실입니다."

내 대답에 차동호 기자가 입가에 미소를 지었다.

그 미소가 가식적이지 않아 보는 나 역시도 마주 웃게 만들었다.

"이번에는 은사님들에 대해서 여쭤보겠습니다. 차지혁 선수 야구 인생에 있어 가장 고마운 은사님을 말하라면 누구라고 말하고 싶습니까?"

"제게 야구를 가르쳐주신 모든 분들이 고마운 은사님들입니다."

약간은 부담스러운 질문이었다.

초등학교부터 시작해서 고등학교 때까지 야구를 가르쳤던 감독, 코치들을 일일이 호명할 수도 없는 노릇이었다.

차동호 기자로서는 내 야구 인생에 결정적인 역할을 한 사람, 예를 들자면 현 개인 코치인 최상호 코치에 관한 이야기를 듣고 싶었던 모양이지만 그럴 순 없었다.

내 마음 속에 깊이 새겨진 사람들은 딱 세 사람뿐이다.

초등학교 6학년 때 아버지가 초빙한 레슨 코치 최태식, 중학교 시절 여러 가지로 날 위해 조언을 아끼지 않았던 명성중학교 서대호 코치, 아직까지 내게 많은 것들을 가르치며 개인 훈련을 봐주고 있는 최상호 코치다.

이들 세 사람은 내 인생에 평생 기억되어야 할 사람들이었다.

학교에서 배우는 야구 기술과 훈련은 딱히 특별할 것이 없었다.

기본 과정, 기초 과정, 중급 과정 정도라고 할까?

한 사람이 여러 명을 가르쳐야 하는 시스템이다 보니 어느한 사람만 집중적으로 가르칠 수가 없다는 점과 예전과 다르게 에이전시 시스템이 보편화되면서 에이전시에서 선수에게 붙여주는 전담 코치로 인해 학교 교육은 예전만큼 디테일한 면이 사라져 버린 상태였다.

그나마 일석 고등학교는 좀 달랐지만, 내 경우엔 고등학교 입학 전부터 최상호 코치가 개인 코치로 붙어 있는 바람에 학교에서 다른 코치들이 날 가르치는 걸 살짝 부담스러워 했다.

내가 대답을 두루뭉술하게 회피하자 차동호 기자가 눈치 빠르게 다음 질문으로 넘어갔다.

"국내 잔류에 대해서 많은 논란이 있었습니다. 이 부분에 대해서 간단하게나마 차지혁 선수의 진심을 들을 수 있겠습니까?"

예상했던 질문이고, 할 말도 많은 질문이다.

그러나 길게 이야기해 봐야 요란하다는 소리밖에 더 듣겠나 싶어 짤막하게 대답했다.

"국내 최고 투수가 세계 최고 투수라는 걸 보여주고 싶습니다."

"아⋯⋯."

내 대답에 차동호 기자가 살짝 감탄한 표정으로 날 바라
봤다.

너무 의외의 말이었기 때문인지 그는 잠시 내 대답으로 인
한 여운을 느끼는 듯 지그시 눈을 감고 있기까지 했다.

"정말 멋진 포부입니다. 차지혁 선수를 열렬히 응원하는
팬의 한 사람으로서 반드시 차지혁 선수의 말처럼 국내 최고
의 투수가 세계 최고의 투수가 되길 밤낮으로 응원하겠습니
다!"

감격한 얼굴로 말을 하는 차동호 기자의 모습에 괜히 쑥스
러워졌다.

후식으로 나온 매실차를 마시며 시선을 피해 버리자, 차동
호 기자가 다시 여러 가지 질문들을 쉬지 않고 쏟아냈다.

대전 호크스와 계약을 하는 것에 있어서 부담감은 없었느
냐, 팀 분위기는 적응이 되느냐, 선배나 동기들과의 관계는
좋으냐, 여자 친구는 있냐, 이상형이 누구냐 등 굉장히 포괄
적인 질문들이 쏟아졌다.

대답하기 쉬운 질문들에 대해서는 쉽고 편안하게 대답을
했고, 대답하기 난감하거나 대답이 필요치 않은 질문들에 대
해서는 노코멘트와 질문 자체를 거부했다.

전체적으로 대답한 질문보다는 노코멘트로 거부한 질문들

이 더 많았지만, 차동호 기자는 단 한 번도 기분 나빠 하지 않아 내 마음을 편안하게 해주었다.

"차지혁 선수가 생각하는 야구 선수, 특히 투수로서 가장 중요한 것이 무엇이라고 생각하십니까?"

"제가 생각하는 가장 중요한 건 부상 없이 꾸준하게 마운드 위에 서서 투구를 하는 것이라고 생각합니다."

"조금 더 자세하게 설명을 들을 수 있겠습니까?"

"간단합니다. 최고의 순간을 그 누구보다 오래 누리겠다는 뜻입니다. 아무리 뛰어난 투수도 부상을 당하면 슬럼프를 겪거나 예전의 구위를 찾지 못해 하락기를 맞이합니다. 그러니 투수뿐만 아니라 모든 프로 선수들에게 가장 중요한 덕목은 부상을 당하지 않는 것입니다. 부족한 실력은 훈련을 키우면 되고, 모자란 재능 역시 꾸준한 연습으로 따라잡을 수 있습니다. 하지만 부상을 당하면 모든 것이 물거품이 됩니다. 부상을 방지하는 것이야말로 투수가 가장 중요하게 여겨야 할 부분이라고 생각합니다."

차동호 기자는 만족스럽게 웃으며 고개를 끄덕였다.

"차지혁 선수가 그토록 부상을 대비하고 있을 줄은 몰랐습니다. 그렇다면 어느 날 갑자기 차지혁 선수가 부상을 당했다는 비극적인 소식은 듣지 않아도 될 거라 믿겠습니다."

"최소한 무리한 투구로 인해 부상을 당했다는 소식은 들리지 않도록 할 겁니다."

타자가 친 타구에 맞아 부상을 입거나, 내가 제어할 수 없는 천재지변이나 불의의 사고로 인해 몸을 다치지 않는 이상 부상을 당했다는 말은 절대 나오지 않게 할 자신이 있었다.

"마지막으로 올 시즌 목표가 무엇인지 말씀해 주실 수 있겠습니까?"

어느덧 마지막 질문이고, 당연하다 싶은 질문이었다.

"투수로서 얻을 수 있는 모든 영광을 다 얻고 싶습니다."

자신 있게 대답했다.

이대로 기사가 나가면 많은 말들이 나올 수도 있는 대답이었지만, 개의치 않았다.

신인왕부터 시작해서 MVP까지 욕심을 낼 작정이었다.

쉽지 않은 일이라는 걸 알지만, 목표가 높을수록 거기에 도달하기 위해 노력하는 것이 인간이기에 최대한 내가 할 수 있는 모든 걸 해볼 작정이다.

팀 성적이야 어차피 내가 마운드 위에서 최고가 되겠다는 심정으로 투구를 하면 자연스럽게 따라오는 것이기에 신경쓸 이유가 없었다.

삑.

차동호 기자가 녹음기를 끔으로써 인터뷰가 끝났음을 알

려주었다.

"성심성의껏 인터뷰에 응해주서서 감사합니다."

"많은 질문들에 대해 노코멘트로 응수해서 제대로 인터뷰가 되었는지 모르겠습니다."

"충분합니다. 이것만으로도 차지혁 선수를 응원하는 팬 분들에게는 아주 큰 즐거움이 될 거라고 장담합니다."

"좋은 기사 부탁드립니다."

"하하하. 차지혁 선수 광팬입니다. 당연히 좋은 기사를 써야죠! 밤을 새서라도 좋은 기사를 쓰도록 노력하겠습니다."

기자에 대한 믿음은 없었지만, 차동호 기자만큼은 믿어 봐도 좋지 않을까 하는 마음이 들었다.

"그리고 저번에 차지혁 선수의 피칭을 보고 며칠 동안이나 잠을 설쳤습니다."

"예?"

차동호 기자의 말에 고개를 갸웃거리자 그가 놀라운 말을 했다.

"오키나와에서 주니치 드래건즈와 있었던 친선경기를 봤습니다. 차지혁 선수가 선발로 등판한다는 소식을 듣고 갔었죠."

"그 경기는 비공식이라 기자분들 출입이 허가되지 않았다고 들었습니다만?"

"그렇지 않아도 경기 관람을 못 할 상황이었는데 다행스럽게도 아는 지인의 도움으로 경기를 관람할 수 있었습니다. 아쉽다면 그런 멋진 경기를 기사로 쓸 수 없었다는 겁니다. 만약 기사로 쓸 수 있었다면 한국 야구팬들이 놀랄 만한 멋진 기사를 쓸 수 있었을 텐데 말입니다. 하하하!"

이후로 차동호 기자는 주니치 드래건즈와의 친선경기 이야기를 쉬지 않고 했다.

그의 이야기를 가만히 듣고 있으니 마치 내가 이미 더 이상 성장할 필요가 없는 완성된 엄청난 투수였나 싶을 정도의 착각마저 들었다.

어쨌든 유쾌하지 않을 거라 여겼던 인터뷰는 생각보다 훨씬 만족스럽게 마칠 수 있었다.

인터뷰를 마치고 집으로 돌아가던 중 반가운 녀석에게 전화가 왔다.

─친구! 잘 지내고 있는 거냐? 흐흐!

전화기 너머로 들려오는 익살스런 웃음이 내 입가에도 미소를 짓게 만들었다.

"너 지금 시간이 몇 신데 전화를 하는 거야?"

시계를 확인해 보니 3시 50분이었다.

—여기? 3시가 좀 안 됐는데? 흐흐!

"편하게 훈련받나 보다? 새벽 3시가 다 되도록 잠도 안 자고."

—말도 마라! 죽겠다! 이럴 줄 알았으면 그냥 나도 너처럼 국내에 남을 걸 그랬나 봐.

말과 다르게 목소리는 전혀 후회하는 기색이 없어 보였다.

전화를 걸어온 녀석은 장형수였다.

나와는 다르게 해외 드래프트 신인 시장에 나가서 4라운드에 지명을 받아 밀워키 브루어스와 계약을 했다.

포수라는 포지션으로 인해 괜찮은 조건에 계약을 했고, 지금은 싱글A의 브레버드 카운티 매너티즈(Brevard County Manatees)라는 팀에서 한창 훈련을 받고 있는 중이었다.

—기뻐해라. 나 아무래도 시즌 시작과 동시에 내쉬빌 사운즈(Nashville Sounds)에서 마스크 쓸 것 같다. 흐흐흐!

"내쉬빌 사운즈?"

—트리플A 팀이다! 흐흐흐!

"벌써? 저번에 전화했을 때는 더블A도 힘들 것 같다고 했잖아?"

한 달 전쯤만 하더라도 트리플A는커녕 더블A 팀에서 뛰는 것도 힘들 것 같다며 징징거렸던 장형수였다.

그런데 이 짧은 기간 내에 갑작스럽게 트리플A 팀에서 시즌을 시작할 수도 있다고 하니 놀랄 수밖에 없었다.

—경쟁 상대 녀석들이 줄줄이 트레이드되고 부상까지 겹치면서 자리가 비었거든! 야구의 신이 내게 기회를 주려는 거지! 흐흐!

"운 좋네. 그런데 어차피 널 써먹을 생각이니까 트레이드시킨 것 아닐까?"

—아, 그런가? 뭐 어쨌든! 지긋지긋한 마이너 생활 하루라도 빨리 청산할 기회를 잡았다는 게 중요한 거지!

"마이너 생활을 시작도 안 했으면서 뭐가 지긋지긋하다는 거야?"

—…말이 그렇다는 거잖아! 너 이 새끼, 뭘 그렇게 따지는 거야? 친구가 하루라도 빨리 메이저리거가 되도록 축하를 해줘야지! 넌 1라운드 지명 후보였고, 난 4라운드 지명이라고 무시하는 거냐?

왜 그 말이 안 나오나 싶었다.

4라운드 지명으로 밀워키와 계약을 맺으면서부터 장형수는 항상 저 말을 입에 달고 있었다.

"축하한다! 하루라도 빨리 빅리그로 콜업돼서 TV로 얼굴 좀 보자. 됐냐?"

—진작 그렇게 나올 것이지! 어쨌든 내가 먼저 메이저리그에서 이름 좀 날리고 있을 테니까 너도 얼른 와라. 여기 와보

니까 너만큼 던지는 투수가 없다. 진짜 지혁이, 네가 얼마나 좋은 투수인지 새삼 느껴지더라!

"그래, 먼저 자리 좀 잡고 있어라. 그리고 가능하면 같은 팀에서 함께 야구하자."

―콜! 월드 시리즈 우승하자고! 흐흐!

10분 정도를 더 떠들고 나서야 장형수와의 전화를 마쳤다.

고교 시절 배터리를 맞췄다는 이유로 단짝처럼 지낸 장형수였기에 졸업을 하고 나서도 가장 가깝게 연락을 하는 유일한 친구였다.

그 외에 중학교, 고등학교 시절 함께 운동했던 동기들은 형식적인 친분 관계라 딱히 내가 먼저 연락을 하는 일이 별로 없었기에 서서히 멀어진다는 느낌을 받고 있는 중이었다.

지아는 이런 내 주변 관계를 두고 혀를 차며 변변한 친구도 없는 불쌍한 인간이라고 단정 지었다.

학창 시절에는 잘 몰랐는데, 성인이 되고 나니 약간은 쓸쓸하다는 느낌이 들기도 했지만 그렇다고 이제 와서 억지로 친구를 사귈 생각이 들지는 않았다.

아직까지는 야구에 집중을 해야 할 시기고, 야구를 하다 보면 자연스럽게 좋은 친구들도 하나둘 생겨나지 않을까 하는 막연한 기대감도 없잖아 있었다.

"메이저리그라……."

장형수가 올 시즌 트리플A에서 뛴다고 생각하니 나도 확실하게 국내 리그를 평정해야겠다는 각오가 다시 한 번 다져졌다.

그러기 위해선 시범 경기가 중요했고, 며칠 후면 시범 경기가 열린다.

Chapter 8

"아들! 내일 등판한다고 했었지?"

"예!"

"우리 아들 프로 데뷔해서 처음으로 야구팬들 앞에서 공 던지는데 보러가질 못해서 엄마가 너무 미안해."

"괜찮아요. 어차피 시범 경기잖아요? 나중에 정식으로 시즌 시작하면 그때 구장에서 응원해 주면 돼요. TV로 중계도 해주니까 집에서 응원하면 제가 멋지게 던지는 모습 보여드릴게요!"

"엄마가 꼭 TV로 볼 테니까 우리 아들 멋지게 던지는 모습

보여줘, 알았지?'

"예!'

"엄마가 아들 많이 사랑하는 거 알지?'

"그럼요! 저도 항상 사랑해요."

어머니의 배웅을 받으며 구단으로 향했다.

구단에 도착하니 곧바로 내일 있을 부산 샤크스와의 시범 경기를 위해 선수단 전용 버스를 타고 부산으로 내려갔다.

호텔에서 하루 휴식을 취하고 다음날 아침부터 사직 야구장에 도착해 가볍게 몸을 풀고 나니 평일 한낮의 시범 경기임에도 불구하고 하나둘 관중들이 관중석을 채우기 시작했다.

대한민국에서 야구 열기가 가장 뜨거운 지역이 부산이다. 그러다 보니 부산을 연고로 삼고 있는 부산 샤크스는 프로 10개 구단 중 가장 많은 팬을 보유하고 있었다.

부산 샤크스를 응원하는 것 자체가 하나의 문화가 되어버릴 정도로 야구라면 열광하는 도시가 바로 부산이었다.

"역시 부산이군!'

황대훈 선배는 고작 시범 경기임에도 관중석을 꽤 차지하고 있는 부산 야구팬들의 모습에 살짝 부럽다는 표정이었다.

야구 선수라면 강력한 팀만큼이나 열성적인 팬을 보유한 구단을 선호할 수밖에 없다.

대전 호크스도 적지 않은 팬을 보유하고 있었지만, 국내 최고의 팬층을 자랑하는 부산 샤크스와는 확실히 비교가 될 수밖에 없었다.

"오늘 불펜이라고 했지?"

"예."

내가 시범 경기 동안 선발이 아닌 불펜으로 마운드에 오른다는 사실을 알고 있는 선수는 많지 않았지만, 포수인 황대훈 선배는 알고 있었다.

아무래도 훈련 때마다 호흡을 맞춰봐야 하는 배터리다 보니 모르지 않을 수가 없었다.

"아마 5회나 6회에 마운드에 오를 거다. 오늘 기온이 높다고 하지만 그래 봐야 봄 날씨니까 어깨를 충분히 풀어둬라. 시범 경기라고 하더라도 어쨌든 첫 등판이라 자신도 모르게 어깨가 굳을 수도 있어. 그 다음은 말하지 않아도 알겠지?"

"네. 충분히 풀어 두겠습니다."

굳은 어깨로 투구를 하다간 부상으로 이어진다.

그런 기본적인 사실을 모를까 봐 잔소리처럼 말을 하는 황대훈 선배가 아니다.

수많은 팬들 앞에서 첫 피칭을 해야 하는 고졸 신인 선수가 긴장할 것을 염려해서 하는 선배로서의 따뜻한 조언이다.

"하긴, 주니치 드래건즈를 상대로도 괴물같이 마운드를 지컸던 너한테 할 말은 아니지."

내 어깨를 툭툭 치고는 포수 미트를 들고 실내 불펜 대기실로 향했다.

경기 시간이 얼마 남지 않았기에 오늘 선발로 마운드에 오를 오주영 선배와 최종 점검을 하기 위함이었다.

─오늘은 2026년 프로 야구 첫 번째 시범 경기가 열리는 날입니다. 현재 부산의 사직 구장, 광주의 신광주 구장, 대구의 신대구 구장, 창원의 창원 구장, 서울의 고척 돔구장에서 각각 첫 번째 시범 경기가 펼쳐질 예정입니다. 다행스럽게도 오늘은 3월 중 기온이 가장 높은 날로 선수들의 부상에 대해서는 크게 걱정을 할 필요가 없을 것 같습니다.

─그렇습니다. 겨울 내내 야구만을 기다렸던 전국의 야구팬들에게 선수의 부상만큼 치명적인 손실이 또 있겠습니까?

─맞는 말씀입니다. 선수의 부상은 단순히 선수만의 불행이 아닙니다. 구단과 팬들에게도 커다란 불행이라 할 수 있습니다. 오늘 사직 구장에는 시범 경기임에도 불구하고 무려 6천 명이 넘는 관중이 입장을 한 상태입니다.

─시범 경기라고 하기엔 상당히 많은 야구팬들이 구장을 찾았다고 할 수 있습니다.

─이게 모두 부산 샤크스의 팬심 아니겠습니까? 부산하면

야구, 야구하면 부산이라는 소리가 나올 정도니까요. 그것보다 올해도 시범 경기 입장료로 개인당 1천 원씩을 받고 있질 않습니까?

—그렇습니다. 2020년 이전까지만 하더라도 시범 경기에 대해서는 입장료를 일절 받지 않고 있었습니다. 그러나 2020년부터 국제야구연맹인 IBAF에서 세계 야구 발전 기금에 대한 기부를 요청했고, 그에 따라 미국, 일본, 한국의 야구협회에서 일정 금액을 기부하고 있습니다. 그중 시범 경기와 같은 경우 미국은 1달러, 일본은 1백 엔, 한국은 1천 원씩 입장료를 받아 전액 세계 야구 발전 기금에 기부를 하고 있습니다.

—이게 좀 민감한 부분입니다. 아무래도 국내 자본이 해외로 나가는 일이라 정확하게 세계 야구 발전 기금이 어디에, 어떻게 쓰이는지 궁금해하는 시청자분들이 많을 것 같습니다. 박인만 해설위원께서 자세한 설명을 해주시길 바랍니다.

—우선 세계 야구 발전 기금이라는 건 말 그대로 야구의 발전을 위해 쓰이는 돈입니다. 그중 국제야구연맹, IBAF에서 가장 중점적으로 주도하고 있는 활동이 바로 전 세계 야구 보급화입니다. 지금이야 야구가 세계적으로 많이 알려졌다고 하더라도 제대로 된 리그가 형성되어 매년 경기를 하는 국가는 절대 많지 않습니다. 그중 프로 리그가 돌아가는 나라는

미국, 일본, 한국, 대만뿐입니다. 그 외 쿠바, 멕시코, 호주, 중국, 중남미의 몇몇 나라만이 아마추어 리그를 꾸려나가고 있는 실정이죠. 하지만 2017년 세계 야구 개혁이 이뤄지고 이듬해부터 IBAF가 FIFA와 협력해서 유럽 지역과 미국에 각각 야구와 축구를 지원하기 시작했습니다. 사실상 이 협력을 두고 FIFA의 무조건적인 이득이라는 시선이 많았습니다. 아무래도 축구에 비해 야구라는 스포츠가 정착하기엔 여러모로 어려운 점이 많지 않겠습니까?

─축구를 모르는 사람은 없으니까요.

─FIFA로서는 이번 협력을 통해 미국 4대 스포츠 시장에 축구를 끼워 넣고 말겠다는 의지를 갖고 적극적으로 뛰어들었습니다. 사실 축구가 세계 최고의 인기 스포츠인건 사실이지만, 미국의 거대 자본 시장에서 야구가 차지하는 천문학적인 금액을 생각하면 FIFA로서는 의욕적으로 추진할 수밖에 없는 일이죠. 하지만 아쉽게도 FIFA가 원하는 수준인 미국 4대 스포츠를 5대 스포츠로 만들겠다는 의지만큼의 큰 성장세를 이루진 못했습니다. 하지만 미국에서도 축구의 인기가 굉장히 높아지면서 확실하게 축구 성장에 큰 발전을 이룬 것 또한 사실입니다. 흠, 말이 좀 길어졌습니다만, 어쨌든 야구의 규칙조차 제대로 모르는 사람이 태반인 유럽 시장에서 IBAF가 원하는 건 야구라는 스포츠를 어떻게든 알리는 것이었고, 꾸준히 노력한

결과 상당히 만족스러운 수준으로까지 유럽인들에게 야구를 알리게 되었습니다. 최소한 야구라는 스포츠가 어떤 것이며, 규칙이 어떻다 정도는 알린 것이죠.

—그 과정에서 세계적인 재벌들이 미국 메이저리그 구단에 관심을 갖고 투자를 한 것 또한 커다란 역할을 하지 않았습니까?

—굉장히 중요한 역할을 했습니다. 모든 사업에는 자본이 필요하죠. 사실 유럽 축구 시장이 과열된 이유가 바로 세계적인 재벌들이 직접적으로 구단을 경영하기 시작하면서죠. 그들이 축구 자체의 발전을 가져온 것에 대해서는 이견들이 많겠지만, 그 외적 인프라 구축에 있어서만큼은 혁혁한 공을 세웠다는 걸 부정할 순 없을 겁니다. 어쨌든 그런 세계적인 재벌들이 야구, 특히 천문학적인 돈이 오가는 메이저리그에 눈독을 들이면서 소위 스몰마켓이라 불리던 팀들이 하나둘 인수되어 이제는 빅마켓, 스몰마켓이라는 말조차 사라지질 않았습니까? 야구 외의 스포츠에 관심 있던 미국인들마저 야구로 끌어들이는 능력은 말할 것도 없습니다.

—그로 인해 돈으로 사람을 끌어들인다는 말도 있었죠.

—맞는 말입니다. 하지만 결과적으로 야구팬이 늘어나면 구단의 수익이 증가하니 재벌들 입장에서는 투자의 개념이고, 딱히 손해 볼 것도 없는 안전 사업으로 속된 말로 돈 놓고

돈 먹기인 셈입니다. 거기에다 미국뿐만 아니라 야구에 조금씩 관심을 두기 시작한 유럽과 중국, 인도에도 중계권이 팔리면서 불과 몇 년 사이에 야구의 인기는 폭발적으로 늘어났습니다. 그리고 아직까지도 IBAF는 많은 유럽 국가와 아시아, 특히 동남아시아 시장에 적극적으로 야구를 보급하고 알리는 일에 앞장을 서고 있는데 거기에 사용되는 돈이 바로 세계 야구 발전 기금입니다.

　─박인만 해설위원께서 아주 자세하게 설명을 해주셨습니다. 덤으로 추가를 하자면 IBAF에서 국제 공식 야구 코칭 시스템을 도입했기에 어려서부터 전문적으로 야구를 배웠지만, 부상이나 실력 부족으로 야구 선수로서의 꿈을 포기한 많은 이들이 각국을 돌아다니며 야구를 보급하는데 실질적으로 가장 많은 노력을 기울이고 있습니다. 국제기구 소속원으로 소속감도 굉장히 높고, 실질적으로 연봉도 꽤 높은 편이라고 알려져 있지 않습니까?

　─중요한 말씀을 하셨네요. 지금처럼 IBAF의 힘이 크기 전에도 야구 보급을 위해 여러 국가에 야구 물품을 지원하기도 했었죠. 하지만 제대로 된 야구 교육 시스템도 없는 곳에 장비만 준다고 뭐가 되겠습니까? 흐지부지 제대로 되지 않았고, 그때의 일을 교훈 삼아 전문 코치진을 꾸려 그들로 하여금 야구 교육을 벌이고 있는 것입니다. 말도 잘 통하지 않는 여러

나라를 돌아다녀야 하기에 굉장히 힘든 일이지만, 야구를 보급한다는 사명감과 상당히 높은 수준의 연봉으로 인해 IBAF 소속 국제 코치 자리를 노리는 이들이 굉장히 많다고 합니다.

─우스갯소리로 공부하는 것보다 야구 배워서 IBAF에 취직하는 게 대기업에 취직하는 것보다 훨씬 낫다는 말도 있질 않습니까?

─하하하. 그렇습니다. 사실 저도 몇 번 지원을 했습니다만…….

─떨어지셨군요?

─그러니까 지금 이 자리에 앉아 있는 것 아니겠습니까? 하하하.

─1회 초 공격을 마친 대전 호크스의 선수들이 수비를 하기 위해 그라운드로 나오고 있습니다. 오늘 시범 경기 선발로는 작년 15승을 달성하며 실질적인 에이스 역할을 했던 오주영 선수가 마운드에 올라가 있습니다. 7월 휴식월이 되기 전, 전반기만 하더라도 굉장하지 않았습니까?

─그렇습니다. 예전만큼 빠른 패스트볼을 구사하진 못하지만 정교해진 제구력과 노련한 피칭으로 인해 전반기에만 9승을 달성했었죠. 하지만 30대 중반에 들어선 나이로 인해 체력적인 부담감이 커져서인지 후반기에는 전반기만큼의 피칭을 보이지 못하며 몇 번이나 흔들리는 모습을 보였었습니다.

一올 시즌 오주영 선수의 성적을 예상한다면 어떻게 보십니까?

　一체력적인 부담이 있다 하더라도 정교한 제구력과 노련함을 생각하면 10승은 무난하지 않을까 예측해 봅니다. 하지만 작년처럼 에이스로서의 역할을 기대하기란 쉽지 않을 것 같습니다.

　一대전 호크스의 에이스 역할을 누가 해줄 수 있다고 생각하십니까?

　一우선 외국인 용병 투수인 데이빗 하이드와 리처드 애스틴을 염두해 봐야 합니다. 두 선수 모두 메이저리그 경험도 있고, 트리플A에서도 꽤 안정적인 성적을 거뒀기에 올 시즌 외국인 용병 투수들 가운데 수위권이라 부를 만한 실력을 가지고 있습니다. 그리고 작년 13승을 거뒀던 김현기 선수도 주목해 볼 만합니다. 성장세가 아주 뛰어난 선수로 타선의 지원만 제대로 받았어도 작년에 4승 정도는 더 추가했을 테니까요.

　一외국인 투수 두 명과 김현기 선수 외에도 한 선수를 주목해 볼 만하지 않겠습니까?

　一고졸 슈퍼 신인 차지혁 선수를 말씀하시는 거라면 글쎄요, 전 좀 이르다고 판단하고 있습니다. 차지혁 선수가 분명 역대 그 어떤 고졸 투수들보다 빼어난 고교 성적과 스펙을 가지고 있다 하더라도 신인 투수에게 팀 내 에이스 역할을 맡긴다는 건 결코 쉽지 않은 선택일 것 같습니다. 백유홍 감독이 어떤 결정을 내릴지는 알 수 없지만, 차지혁 선수가 올 시즌 에이스로 대전 호크스를 이끌어 나가는 일은 어렵지 않나 판단을 해봅니다. 그렇다고 차지혁 선수에게 에이스로서의 자질이 없다는 말은 아닙니다. 차지혁 선수의 스펙 자체만 놓고 본다면 국내 그 어떤 토종 투수와 비교해도 부족하지 않으니까요.

─결국 경험 부족이 문제라는 말씀이시죠?

─그렇습니다. 차지혁 선수가 경험만 쌓으면 국내 어느 팀을 가더라도 에이스의 역할을 할 수 있다는 것에는 저 역시 확신합니다. 그렇기에 차지혁 선수로서는 올 시즌 프로 무대를 어떻게 경험하느냐가 선수 인생을 좌우하는 가장 중요한 시점이 될 것임을 알고 확실하게 준비를 해야 할 겁니다.

─좋은 말씀 감사합니다. 1회 말, 부산 샤크스의 1번 타자로 우익수 장필성 선수가 들어섭니다. 부산 샤크스에서만 7년째 선수 생활을 하고 있는 장필성 선수는 좋은 타격 능력에 빠른 발을 가지고 있는 선수로… 오주영 선수의 초구를 그대로 지켜봅니다. 오주영 선수의 초구 포심 패스트볼이 142㎞가 나왔습니다. 작년 시즌과 비교하면 비슷한 페이스로 보여

집니다.

—가운데 몰렸습니다만, 초구부터 배트가 잘 나오지 않는 장필성 선수의 성격을 잘 알고 오주영 선수 과감하게 초구를 한가운데 포심 패스트볼로 집어넣었습니다. 오주영 선수는 슬라이더와 체인지업, 커브를 자유롭게 구사하기 때문에 초구에 스트라이크를 잡고 나면 타자 입장에서는 수 싸움에서 꽤 머리가 아플 수밖에 없습니다.

—오주영 선수 와인드업을 하고 두 번째 공을 던집니다.

따악!

커브가 몰렸다.

오주영 선배의 제구력이 오늘 영 좋지 않았다.

기본적으로 포심 패스트볼은 구속이 144㎞를 넘지 못하니 슬라이더와 체인지업이 제대로 통하질 않았고, 덤으로 제구까지 안 되니 난타를 당하고 있었다.

2회 말에 벌써 5점이나 실점하고 있었다.

스코어 5 : 0.

아무리 시범 경기라 하더라도 이렇게까지 차이가 나는 건 좋지 않았다.

"지혁아, 준비해라."

오주영 선배가 3이닝, 중간 불펜 투수 한 명 추가 투입 이후에 등판하기로 계획되어 있던 것이 한순간에 무너졌다.

지금 분위기에서 오늘 2군에서 끌어올린 투수를 시험하는 건 적절치 못했다.

최소한 대전 호크스 타자들이 따라가겠다는 의지를 북돋을 수 있는 투수가 필요했다.

그 역시 고졸 신인 투수에게 맡기는 것이 어울리지 않았지만, 주니치 드래건즈와의 친선경기 이후 나에 대한 선수들의 신임이 워낙 커졌기에 믿고 맡겨볼 만하다 여기는 것 같았다.

"3이닝만 책임져 주면 된다."

장철민 투수 코치의 말을 들으며 더그아웃에서 나와 관중석 코앞에 있는 불펜 마운드에 서자 깜짝 놀랄 정도의 함성이 들려왔다.

"우와~ 차지혁이다!"

"슈퍼 루키 차지혁이다!"

"꺄악~ 차지혁 선수!"

경기와는 상관없는 커다란 함성이었다.

대전 호크스 홈구장도 아니고 부산 샤크스 팬들 사이에서 이런 반응이 나올 줄은 상상도 못 했던 일이라 얼떨떨했다.

"인기 좋네! 손이라도 한 번 흔들어 줘. 그게 다 팬 서비스다."

박인수 선배의 말에 나도 모르게 손을 들어 인사를 하려다 재빨리 멈췄다.

홈구장도 아니고 원정와서 상대 팀 팬들에게 손 인사를 한다는 게 이상하게 느껴졌다.

박인수 선배를 쳐다보자 왜 그러냐는 듯 나를 멀뚱히 바라보니 날 골탕 먹이려는 수작은 아닌 듯 보였다.

엄청난 인기를 자랑하는 슈퍼스타라면 모를까, 신인 선수가 상대 팀 팬에게 인사를 하는 건 확실히 건방지게 보일 수 있는 문제였기에 주변 시선과 환호성을 외면하곤 박인수 선배와 함께 불펜 피칭을 시작했다.

―차지혁 선수가 불펜 피칭을 시작했습니다. 사직 구장을 찾은 많은 팬들이 차지혁 선수를 향해 환호성을 내지르고 있습니다.

―대단하군요. 그 어떤 고졸 신인 선수가 이토록 큰 함성을 받았습니까? 이런 일은 지금까지 없었던 걸로 기억합니다. 더군다나 차지혁 선수는 부산 샤크스 선수도 아니지 않습니까? 대전 호크스 선수가 부산 샤크스 팬들에게 이토록 인기가 많다는 것이 신기하기까지 합니다.

―경력이 화려하질 않습니까? 고교 리그에서 퍼펙트와 노히트노런을 달성했고, 출전한 모든 대회에서 최우수선수상을

수상했으며, 해외 신인 드래프트 시장에서도 1라운드 지명 후보로까지 거론된 선수인만큼 국내 팬들에 대한 기대가 클 수밖에 없다고 여겨집니다.

—그렇다 하더라도 다른 구단 선수에게 이런 호응을 보인다는 게… 이런 경우가 처음이라 솔직히 제가 다 얼떨떨할 정도네요.

—지금이야 다른 구단 선수지만, 결과적으로 몇 년 후에는 당당하게 한국인으로서 메이저리그의 마운드위에 설 선수이질 않겠습니까? 아마도 차지혁 선수를 응원하는 모든 팬들은 그런 마음을 가지고 있기에 상대 팀 선수라 하더라도 이처럼 응원하는 것이 아닌가 싶습니다.

—듣고 보니 그렇기도 하겠군요. 어쨌든 차지혁 선수 참 대단한 선수인 것만큼은 인정하지 않을 수가 없는 것 같습니다. 그나저나 차지혁 선수가 불펜 피칭을 시작했다는 건 2회를 마지막으로 오주영 선수를 내리겠다는 백유홍 감독의 결정입니다. 사실 오늘 오주영 선수의 피칭은 작년 대전 호크스의 에이스에 걸맞지 않는 내용입니다.

—꼭 후반기 체력이 떨어졌을 때의 모습으로 보이기도 합니다.

—그렇습니다. 하지만 겨울 내내 충분한 휴식을 취했을 오주영 선수에게 체력 저하의 이유를 댈 순 없고, 아마도 단순

컨디션 난조로 보시면 될 것 같습니다.

　—중견수 김추곤 펜스 앞에서 타구를 잡았습니다! 빠른 판단력으로 마지막 아웃 카운트를 완성했습니다. 오주영 선수 고개를 절레절레 흔들며 마운드를 내려가고 있습니다. 아직 시즌 개막까지는 시간이 충분히 남아 있으니 벌써부터 실망할 필요는 없을 것 같습니다. 단순 컨디션 난조라면 얼마든지 정상 컨디션으로 끌어올릴 시간적 여유가 있습니다. 잘 조절해서 작년 전반기처럼 멋진 활약을 기대해 보겠습니다. 박인만 해설위원께서는 지금처럼 점수 차이가 꽤 벌어진 상황에서 차지혁 선수를 마운드에 올린 백유홍 감독의 의중이 무엇이라고 생각하십니까?

　—간단합니다. 승부에 연연하지 말고 편안하게 프로 무대를 경험해 보라는 배려일 겁니다. 시범 경기라 하더라도 신인 투수가 갖는 중압감은 겪어보지 못한 사람은 결코 이해할 수 없을 정도로 큽니다. 차지혁 선수가 올 시즌을 성공적으로 마치기 위해서는 반드시 이런 중압감을 이겨내야만 합니다. 백유홍 감독은 시범 경기를 통해 최대한 차지혁 선수에게 많은 기회를 제공하며 프로 무대에 익숙하게끔 하려고 할 것입니다.

　—박인만 해설위원께서 말씀을 하시는 사이 대전 호크스 3번 타자 메이슨 발레타 좌중간을 가르는 2루타를 터트렸습

니다! 1루에 있던 박상천 무리하지 않고 3루 베이스에서 멈췄습니다. 2사 2, 3루의 상황에서 타석에 들어서는 선수는 대전 호크스의 4번 타자 장태훈입니다. 앞선 타석에는 좋은 선구안으로 볼넷으로 걸어 나갔었습니다.

—대전 호크스가 올 시즌 상위권으로 도약하기 위해서는 반드시 팀의 중심 타자인 장태훈 선수가 살아나야만 합니다. 작년 시즌처럼 실망스러운 성적이라면 팀의 중심 타자 역할을 할 수 없으며, 무엇보다 올해부터 국내 톱3에 해당하는 거액의 연봉을 받는 선수인만큼…….

2사 2, 3루 상황에서 타석에 선 장태훈 선배는 배트를 가볍게 쥐고 홈플레이트로 반 보 정도 다가섰다.

통상적으로 몸 쪽에 약한 모습을 보였던 장태훈 선배였기에 이번 전지훈련 기간 동안 자신의 약점을 극복하기 위해 굉장히 노력했었고, 그 결과는 꽤 만족스럽다는 코치들의 통일된 의견이 있었다.

'확실히 달라졌어.'

나를 상대로 치욕적인 삼진쇼를 보여줬던 때와는 다르다.

지금의 장태훈 선배라면 나 역시 저번처럼 쉽게 승부를 걸수가 없을 것 같았다. 물론 안타를 맞거나 홈런을 맞을 정도도 아니다.

승부하기 까다롭다라는 생각이 들 뿐이다.

마운드를 3이닝째 지키고 있는 부산 샤크스의 모태석 투수는 팀 에이스는 아니다.

하지만 작년 2선발로 확실하게 자리를 굳혔을 정도로 구위가 좋은 투수다.

오늘도 자신의 실력을 유감없이 선보이고 있었는데, 140㎞ 중후반의 포심 패스트볼과 뚝 떨어지는 포크볼로 대전 호크스의 타선을 노련하게 막아내고 있는 중이었다.

그러나 지금은 위기다.

전 타석에서도 장태훈 선배는 모태석 투수의 포크볼을 모두 골라내며 볼넷으로 걸어 나갔었다.

오늘 선구안이 좋다는 뜻이다.

최소한 모태석 투수의 결정구라 할 수 있는 포크볼을 골라낼 수 있다는 건 장태훈 선배에게 승기가 치우쳐져 있다 할 수 있었다.

모태석 투수가 3루 주자를 바라보고는 와이드업을 한 후, 힘차게 공을 던졌다.

따—악!

초구부터 장태훈 선배의 배트가 과감하게 나왔다.

실투였다.

전 타석에서 볼넷을 줬다는 심리적인 부담감으로 인해 초구에 스트라이크를 잡고 가겠다는 마음이 급한 나머지 한가운데로 공이 몰리고 말았다.

'넘어갔다.'

소리가 경쾌했다.

배트를 꽉 쥐고 힘껏 돌리지 않아도 기본적인 파워가 있는 장태훈 선배였기에 한가운데로 몰린 공은 여지없이 우중간 펜스를 그대로 넘겨 버렸다.

무엇보다 고무적인 건 또다시 의식적으로 밀어 쳐서 홈런을 만들었다는 사실이다.

밀어 쳐서 홈런을 만들 줄 안다는 건 타격 감각이 굉장히 좋다는 뜻이었으니 이대로만 꾸준히 컨디션을 유지해도 장태훈 선배는 팀 4번 타자로서 확실하게 제 몫을 해줄 것 같다.

마지막 아웃카운트를 잡아내고 마운드를 내려오는 모태석 투수의 표정이 썩 밝지가 않았다.

잘 던지다가 실투로 인해 3점 홈런을 맞았으니 투수라면 어느 누구라도 같은 반응을 보일 수밖에 없다.

스코어는 3 : 5.

5점 차이가 순식간에 2점 차이로 좁혀졌다.

충분히 추격이 가능한 점수 차이였기에 내 역할이 그 여느 때보다 중요했다.

달아나려는 부산 샤크스를 확실하게 잡아두느냐, 그렇지 못하느냐에 따라 오늘 시범 경기의 승패가 좌우될 가능성이 컸다.

"차지혁."

송진욱 투수 코치의 부름에 그와 함께 마운드에 올랐다.

여기저기서 환호성이 들렸지만, 신경 쓰지 않고 포수인 황대훈 선배의 미트를 향해 연습 투구를 시작했다.

"시범 경기니까 절대 무리하지 마라. 컨디션만 조절한다는 생각으로 가볍게 던져라."

이겨봐야 아무런 득도 없는 게임.

송진욱 코치의 말에 나는 고개를 끄덕였다.

송진욱 코치가 마운드를 내려가자 주심이 경기를 진행시켰다.

타석엔 8번 타자 이상재 좌타자가 들어섰다.

부산 샤크스의 주전 2루수지만, 타격과 수비 모두 평균보다는 조금 아래라 평가를 받고 있었다.

유일하게 오주영 선배에게 삼진을 헌납한 타자이기도 했다.

좌타자에게 좌투수는 껄끄러운 존재다.

거기에 몸 쪽에 상당히 약한 이상재였기에 포수 미트는 몸 쪽 꽉 찬 스트라이크를 요구하고 있었다.

고민할 것 없이 곧바로 포수 미트가 자리를 잡고 있는 곳을 향해 공을 던졌다.

쇄애액.

펑!

"스트라이크!"

꼼짝도 못하고 스트라이크를 먹은 이상재가 눈을 찌푸리며 타석에서 물러나더니 맹렬하게 배트를 휘둘러댔다.

몸 쪽을 의식한 듯 왼팔이 겨드랑이에 바짝 붙은 상태로 배트가 나오고 있었다.

두 번째 공은 무릎 높이를 관통하는 포심 패스트볼로 역시나 몸 쪽이었다.

부웅!

배트를 휘둘렀지만, 전광판에 찍힌 148km의 공을 쫓아오기엔 역부족이었다.

144km를 넘지 못했던 오주영 선배의 포심 패스트볼보다 무려 4km나 빨랐으니 처음부터 타이밍을 잡기엔 이상재의 타격 실력이 부족했다.

황대훈 선배의 포수 미트가 바깥쪽 스트라이크 존을 살짝 벗어난 지점을 가리키고 있었다.

구종은 포심 패스트볼이 아닌 컷 패스트볼로 2스트라이크 노볼에 몰린 이상재로서는 스트라이크 존을 향해 날아오는 공이라면 무조건 배트가 나올 수밖에 없었다.

쇄애액.

부—웅!

펑!

"스윙! 타자 아웃!"

예상대로 배트가 헛돌며 이상재가 어처구니없다는 듯 포수 미트를 바라봤다.

바깥쪽 스트라이크 존을 향해 날아오던 공이 급격하게 꺾이며 존을 빠져나가 버렸으니 당하지 않을 수가 없었다.

마운드 위에 서 있는 날 힐끔 바라보고는 더그아웃으로 돌아갔다.

첫 번째 타자를 깔끔하게 3구 삼진으로 잡아버리자 관중석이 술렁거렸다.

처음 날 향해 환호하고 박수를 쳐 주던 모습은 없었다.

아무리 내가 슈퍼 신인이라 불려도 결국 부산 샤크스 선수가 아닌 이상에야 자기네 팀 타자를 삼진으로 돌려세운 날 위해 환호해 줄 리가 없었다.

두 번째로 타석에 선 타자는 포수 홍준현이었다.

주전 포수인 전영무가 가벼운 부상으로 라인업에서 빠졌기에 백업 포수인 홍준현이 마스크를 쓰고 있었다.

27살의 홍준현은 수비 능력은 평균 이상으로 상당히 좋은 편에 속했지만, 타격 능력이 워낙 떨어져서 부산 샤크스의 고민거리 중 하나였다.

펑!

1구는 포심 패스트볼로 가볍게 스트라이크를 잡았다.

포수였기에 상대 투수의 공을 지켜보는 성격이 강했기에 그걸 역으로 한가운데로 꽂아 버렸다.

2구는 바깥쪽으로 스트라이크 존을 살짝 벗어나는 높은 볼이었는데, 어깨만 움찔거릴 뿐 배트가 나오지 않았다.

3구는 무릎 높이를 스쳐 지나가는 낮은 스트라이크로 역시나 홍준현의 배트는 꼼짝도 하지 않았다.

빠른 시간 투구 페이스로 인해 순식간에 2스트라이크 1볼이 되자 홍준현이 타임을 부르고는 타석에서 벗어났다.

허공에 배트를 휘둘러대는 홍준현의 얼굴이 썩 좋지 않았다.

고졸 신인 투수에게 몰려 있다 생각하니 마음이 다급한 거였다.

주심이 빠르게 경기를 진행하라는 듯 양손을 가운데로 모으는 제스처를 반복하자 홍준현이 가볍게 고개를 숙이고는 타석에 섰다.

4구는… 한복판으로 날아오다 아래로 꺾여 떨어지는 파워 커브였다.

부웅!

"스윙! 타자 아웃!"

허무하게 배트가 헛돌며 홍준현도 삼진으로 물러나고 말았다.

두 타자 연속 삼진이라는 산뜻한 출발에 대전 호크스의 더그아웃 분위기는 밝았지만, 부산 샤크스의 분위기는 착 가라앉아 있었다.

슈퍼 루키니 메이저리그 1라운드 지명 후보니 하는 말들이 있어도 어쨌든 고졸 신인에 불과했으니 경험으로만 대처해도 충분히 상대할 수 있다 여겼겠지.

그런데 막상 마주하고 보니 구속, 구위 어느 것 하나 만만하지 않겠지.

최소한 방금 전 쉽게 안타를 뽑아냈던 오주영 선배와는 확실하게 달랐다.

그렇다고 약하기로 유명한 부산 샤크스의 하위 타선을 상대로 연속타자 삼진을 뽑아냈다고 벌써부터 의기양양한 모습을 보일 수 없었다.

천천히 타석을 향해 걸어오는 1번 타자 우익수 장필성은 날카로운 눈빛으로 날 쏘아보고 있었다.

2타수 2안타.

오늘 오주영 선배를 상대로 훌륭히 선봉장의 역할을 한 부산 샤크스의 리드오프인 장필성은 결코 만만하게 볼 타자가 아니었다.

실질적인 부산 샤크스의 프랜차이즈 스타로 부산 팬들이 가장 사랑하는 선수 중 한 명이고, 그에 걸맞는 뛰어난 성적도 꾸준히 내고 있었다.

국내 최고 수준의 리드오프 중 한 명으로 선구안과 컨택 능력이 상당히 뛰어났다.

초구는 몸 쪽 포심 패스트볼.

리드오프로서 초구를 지켜보는 성격에다가 오늘도 오주영 선배의 공을 2구까지는 지켜보기만 했던 장필성이었기에 황대훈 선배는 초구 스트라이크를 요구했다.

나 역시 초구를 지켜보는 타자에게 굳이 볼을 던질 필요가 없었기에 가벼운 마음으로 공을 던졌다.

쇄애액.

장필성의 무릎이 살짝 굽혀지며 오른손과 왼손의 간격이 태평양 바다처럼 넓어진 배트가 순식간에 포수 미트 앞을 가로막았다.

딱—!

기습번트(Sudden bunt).

타자가 투수를 상대로 평범하게 타격 자세를 취하다가 갑작스럽게 번트를 대는 행위로 장필성은 몸 쪽으로 날아오는 포심 패스트볼을 정확하게 배트에 갖다 맞추고는 그대로 1루를 향해서 내달렸다.

국내 최고 수준의 리드오프에게 주력은 기본 옵션이다.

기습번트에 대한 대비가 전혀 되어 있지 않았던 나도 그렇지만, 정상적인 수비를 하고 있던 3루수 메이슨 발레타도 황급하게 타구를 잡기 위해 뛰어봤지만 1루로 던지기 전에 이미 장필성은 베이스 근처까지 도착해 있었다.

아무리 빠르게 송구를 뿌린다 하더라도 잡을 수가 없는 상황이었기에 메이슨 발레타가 고개를 흔들며 내게 공을 건넸다.

"미안."

기습번트라 하더라도 막아내지 못한 것에 대해선 엄연히 수비수의 책임이다.

더군다나 타자는 상대 팀 리드오프였으니 기습 번트에 대한 생각을 머릿속에 갖고 있어야 했다.

그걸 알기에 발레타는 내게 미안하다고 말했고, 나는 괜찮다며 희미하게 웃어줬다.

어설프게 되지도 않는 송구를 했다가 공이 뒤로 빠져 버리면 장필성을 2루나, 3루까지 보낼 수도 있었으니 차분하게 마음을 가라앉힌 것만 하더라도 발레타는 충분히 내게 도움이 됐다.

마운드에 돌아와선 1루 코치와 뭔가 이야기를 하는 장필성을 힐끔 바라봤다.

귀로는 1루 코치의 말을 들으면서도 눈은 여전히 날 쳐다보고 있었다.

'평균 40개 정도의 도루를 했었지?

도루 능력도 굉장히 뛰어난 편이다.

특히 신인인 첫해에는 무려 53개나 되는 도루를 하면서 도루왕 타이틀까지 거머쥔 장필성이었다.

이듬해 도루를 하다 손가락 골절을 당하면서 도루 시도가 줄어들었지만, 여전히 도루 성공률은 국내 선수 중 세 손가락 안에 들어갈 정도로 뛰어났다.

의외의 기습번트로 주자를 내보내고 말았지만, 투구 밸런스가 무너질 정도는 아니었다.

하지만 투구 직후 번트 타구를 잡기 위해 갑작스럽게 몸을 움직였기에 살짝 흐트러진 호흡을 가다듬을 필요는 있었다.

그러는 동안 2번 타자 좌익수 배상현이 타석에 들어섰다.

현대 야구에서 굉장히 중요한 자리지만, 빛을 보기 힘든 자리인 2번 타자는 여러 가지 작전 수행 능력이 뛰어나야만 한다.

팀 내 희생 번트를 가장 많이 대기에 번트 능력이 뛰어나야 하고, 삼진을 잘 당하지 않아야 하며, 히트앤드런 작전이나, 주자의 도루를 효과적으로 도와줄 수 있는 센스도 갖춰야만 한다.

즉, 타격 능력이나 센스가 뛰어남에도 불구하고 팀을 위해 헌신해야 하는 자리다.

그런 면에서 봤을 때, 부산 샤크스의 2번 타자 배상현은 두루두루 괜찮은 수준이라 불릴 만했다.

배트를 짧게 쥐고 있는 배상현은 홈플레이트에 바짝 붙어 있었다.

투수로서 배상현처럼 홈플레이트에 달라붙어 있는 타자는 여러 가지로 신경이 쓰일 수밖에 없다.

우선 몸 쪽 공을 던지는데 있어 굉장히 부담감을 느끼게 된다.

나 같은 경우에는 예외다.

지금까지 마운드에서 타자가 맞는다는 생각으로 공을 던져본 적도 없고, 항상 제구력에 중점을 둔 피칭을 했기에 정말 특별한 일이 아니고서야 타자를 맞추는 일이 거의 없었다.

탁탁탁.

1루 주자로 나간 장필성이 보란 듯이 베이스와의 간격을 상당히 떨어트린 상태에서 양발을 넓게 벌리고 자세를 낮춘 상태에서 오른발로 땅을 소리 나게 파헤쳤다.

주자가 도루를 하겠다며 위협하는 행동으로 투수의 신경을 건드려서 투구를 방해하는 거였다.

장필성이 뭘 하든 무심하게 그를 쳐다보다 이내 빠른 속도로 포수 미트를 보고 공을 던졌다.

쇄애애액!

펑!

"스트라이크!"

1구는 과감하게 포심 패스트볼로 몸 쪽을 찔렀다.

송곳처럼 파고들어 오는 몸 쪽 빠른 볼에 배상현이 움찔하며 상체를 움츠렸다.

겁이 없어서 홈플레이트에 가까이 붙는 타자는 없다.

투수와의 기 싸움에서 지지 않기 위해 붙을 뿐이다.

보통 그렇게 홈플레이트에 가까이 붙는 타자들은 몸 쪽에 약한 모습을 보일 수밖에 없고, 제구력이 뛰어난 투수라면 오히려 좋은 먹잇감밖에 되질 않았다.

세트 포지션(Set position)으로 빠르게 피칭을 시도하는 사이 장필성이 사이드스텝으로 깡충깡충 뛰며 도루를 할 것처럼 투구를 방해를 하려고 했지만 소용없었다.

공은 빠르고 깔끔하게 포수 미트로 들어갔고, 타자는 스트라이크를 먹었고, 주자인 장필성은 재빨리 1루 베이스로 돌아와야만 했다.

'견제?'

2구를 준비하는 내게 포수는 1루 견제 사인을 냈다.

여전히 장필성은 도루를 할 것처럼 리드(lead)폭이 상당히 넓었다.

좌완 투수를 상대로 도발적이라 부를 정도의 과감한 리드폭이었지만, 그것이 도루를 하기보단 날 흔들 목적이라는 걸 알기에 딱히 신경이 쓰이진 않았다.

하지만 사인이 나온 이상 견제구를 던져야 했기에 관심 없는 척 무심하게 바라보다 투구를 할 것처럼 세트 포지션 상태에서 재빠르게 1루로 공을 던졌다.

촤아아악.

예상대로 장필성은 배를 깔며 1루 베이스를 손으로 찍었다.

아슬아슬한 것 같지만 실제로 장필성은 내 빠른 견제 동작에도 불구하고 한 템포 빠르게 움직이고 있었다.

겉으로는 조금만 더 빨리 견제구를 던지면 잡을 것 같아 보일지 모르지만, 투수인 내가 확실하게 느끼기론 쉽지 않았다.

고졸 신인 투수라고 너무 만만하게 보는 것 같아 기분이 썩 좋지는 않았지만, 반대로 베테랑인 장필성의 생각을 모조리 꿰뚫고 있다 생각하니 슬며시 웃음이 나오기까지 했다.

투수에게 견제 동작은 굉장히 중요하다.

최상호 코치와 고등학교 3학년 시절 견제와 세트 포지션 상태로도 구속과 제구력을 잃지 않는 훈련을 꾸준히 해왔었기에 결코 낯설지 않았다.

더불어 수많은 영상 자료를 분석하며 주자의 리드폭, 도루 방법, 징조 등을 연구했기에 100%라고 할 순 없어도 어느 정도는 주자가 도루를 할 거다, 그렇지 않다의 분간이 됐다.

장필성의 생각은 눈에 뻔히 보였다.

날 흔들어서 투구 밸런스를 무너트리고, 그걸 기회로 배상현에게 타격을 노리도록 만드는 것.

장필성의 작전이라기보단 부산 샤크스의 벤치 작전이라고 보면 된다.

'웬만한 고졸 신인 투수라면 그대로 작전이 먹히겠지만……'

또 한 번 견제구를 던졌다.

이번에는 대놓고 아쉽다는 표정을 드러냈다.

물론, 재빨리 아닌 척 표정을 바꿨지만, 한순간도 나에게서 시선을 떼놓지 않는 장필성이 못 봤을 리가 없다.

아니나 다를까, 장필성의 움직임이 더욱더 요란해졌다.

굉장히 거슬렸다.

포수와 장필성을 연신 번갈아보다가 재빨리 공을 던졌다.

이번에도 몸 쪽 포심 패스트볼이었지만, 그 위치가 살짝 가운데로 몰리면서 배상현의 배트에 맞고 말았다.

딱!

타구는 3루 선상을 벗어나는 파울이 되었고, 배상현은 아쉽다는 듯 혀를 빼꼼 내밀고는 배트를 두어 차례 휘두르고 나서야 타석에 섰다.

주심에게 공을 건네받은 포수가 공을 던져 줬고, 그걸 받아들고 로진백을 만지작거렸다.

그러면서도 슬쩍슬쩍 1루 주자를 바라봤다.

장필성은 나와 눈이 마주치자 픽 웃었다.

보일 듯 말 듯 눈을 살짝 찌푸리며 포수 사인을 기다렸다.

사인을 전달받고 여전히 넓게 리드폭을 잡고 있는 1루 주자 장필성을 가만히 바라봤다.

그리고는 누가 봐도 급할 정도로 공을 던졌다.

공은 한가운데로 날아갔고, 타자 배상현은 회심의 미소를 지으며 배트를 힘껏 휘둘렀다.

휘익!

부―웅!

"스윙! 타자 아웃!"

파워 커브.

홈플레이트 앞에서 원만하게 꺾이며 바닥에 닿을 정도로 포수 미트에 박혀 버린 공을 배상현은 믿을 수 없다는 듯 쳐다봤다.

1루 주자 장필성도 인상을 찌푸리며 서 있었다.

1루 주자로 인해 신경에 쓰인 투수가 페이스를 잃고 급하게 공을 던지다가 한가운데로 몰리는 실투를 했다고 여겼을 거다.

하지만 결과는 삼진.

"아주 멋진 공이었다!"

더그아웃으로 들어가는 날 기다리고 있던 포수 황대훈 선배가 칭찬을 해왔고, 우린 하이파이브를 했다.

뒤통수가 꽤 따끔거리는 걸로 봐선 장필성이나 배상현이 날 죽일 듯 노려보고 있는 것만 같았다.

나를 흔들려다가 역으로 당했으니 자존심도 상하고 기분이 나쁘겠지.

고졸 신인 투수라고 만만하게 여겼다가는 모두 잡아먹힌다.

나는 아주 노련하고 실력 좋았던 최상호 코치 밑에서 그의 사냥법을 전수받았다.

타자라는 맹수에게 어떤 함정을 어떻게 속여야 하는지 어린 나이임에도 불구하고 꽤 빠르게 습득한 상태였다.

"막내야, 아웃 카운트를 모두 삼진으로 잡으면 야수는 뭘 하라고? 쉬엄쉬엄 던져."

정현우 선배가 내 어깨를 툭 치며 히죽 웃고는 손벽을 짝짝 치며 더그아웃에 모인 모든 선수들에게 외쳤다.

"고작 2점 차이니까 단숨에 쫓아가자고! 우리 막내, 지혁이가 이렇게 잘 던져 주고 있는데 타자들도 실력 좀 보여줘야 하지 않겠어? 시범 경기라고 설렁설렁 뛸 생각하지 말고 확실하게 하자!"

주장답게 앞장서서 팀원들을 격려하는 모습이 꽤 멋있게 보였다.

팀의 주장이라는 자리는 역시 아무나 하는 게 아닌 듯싶었다.

정현우 선배의 격려 때문인지 대전 호크스는 바뀐 부산 샤크스 투수를 상대로 정확하게 2점을 뽑아내며 공격을 마쳤다.

이제 스코어는 5 : 5.

동점 상황까지 왔다.

내가 이번 이닝에서 상대해야 할 타자는 3번, 4번, 5번으로 이어지는 부산 샤크스의 클린업 트리오로 결코 만만하지 않은 타자들이었다.

무엇보다 장필성이나, 배상현에게 어떤 말이라도 들었다면 더욱 신중하게 나올 것이니 공 하나하나 신경써서 던져야만 했다.

3번 타자 박승택에게는 단타를 맞고 말았다.

볼 카운트 2스트라이크 2볼에서 유인구로 던진 파워 커브가 박승택의 배트에 걸렸고, 운 좋게도 2루 수비인 정현우 선배 앞에서 크게 바운드 되어 키를 넘기는 행운의 안타가 되어 버렸다.

4번 타자 문용석, 부산 샤크스의 홈런 타자를 상대로는 초구부터 5구까지 줄곧 몸 쪽으로 파고드는 컷 패스트볼을 던졌다.

결과는 유격수 앞 땅볼로 깔끔하게 더블 플레이로 1루 주자까지 더그아웃으로 돌려보냈다.

그 과정에서 문용석의 배트가 부러지면서 생애 처음으로 타자의 배트를 부러트리는 진정한 컷 패스트볼을 던졌다.

2아웃에서 타석에 들어선 5번 타자 이안 모텐슨.

작년 시즌에도 부산 샤크스의 유니폼을 입고 지명 타자로 타격과 홈런에 탁월한 능력을 보여줬던 그는 국내 프로에서 활동하는 모든 선수 중 1, 2위를 다툴 정도로 비대한 체격을 갖고 있었다.

심한 과체중으로 인해 수비 능력은 최하위였기에 붙박이 지명 타자로 활약했고, 강력한 파워에 적당한 유연성이 적당한 타율과 적지 않은 홈런을 터트리며 확실하게 부산 샤크스의 클린업 트리오의 한 자리를 책임지고 있었다.

다만 한 가지 문제라면.

부—웅!

"스윙! 아웃!"

주자가 있을 때와 없을 때의 타율이 꽤 심하게 차이가 난다는 사실이다.

집중력의 차이라 보면 된다.

주자가 있을 때는 제법 끈질기게 투수를 물고 늘어졌지만, 주자가 없을 때는 시원시원하게 배트를 돌려대며 많은 삼진을 당했다.

두 번째 이닝을 삼자범퇴로 마치고 더그아웃으로 돌아오자 백유홍 감독이 만족스러운 웃음과 함께 날 맞이했다.

"좋군. 다음 이닝이 마지막이네."

"알겠습니다."

선배들도 일일이 나에게 잘했다면서 칭찬을 해주었다.

아쉽게도 이번 공격에서는 대전 호크스도 3명의 타자가 빠른 속도로 아웃을 당하면서 공수가 교대되고 말았다.

6번 타자 황준환은 3루수 땅볼, 7번 타자 김문선은 1루수 파울 플라이, 8번 타자 이상재는 연타석 삼진으로 이닝이 끝났고, 내 첫 번째 시범 경기 등판도 그렇게 끝이 났다.

5 : 5로 팽팽하게 이어지던 경기는 9회에 발레타가 홈런을 터트리며 최종 스코어 6 : 5로 승리를 따낼 수 있었다.

이날의 MVP는 2타수 2안타, 1홈런, 3타점의 주인공인 장태훈 선배였다.

그러나 가장 많은 인터뷰 요청이 들어온 사람은 다른 누구도 아닌 나였다.

오늘 경기를 중계한 방송국의 리포터에게 간단한 소감만 전하고 사직 구장을 빠져나오자, 벌떼처럼 기자들이 달려들었다.

"시범 경기에서 첫 등판한 기분이 어떻습니까?"

"3이닝 2피안타 무실점으로 훌륭하게 마운드를 지켜냈습니다만, 오늘 가장 상대하기 껄끄러웠던 타자는 누구였습니까?"

"시범 경기임에도 불구하고 최고 구속 148㎞가 나왔습니다. 앞으로 얼마나 더 빠른 구속이 나올 것이라고 예상합니까?"

"5점 차로 뒤진 상황에서 편안하게 마운드에 오를 예정이었는데, 결국 장태훈 선수의 쓰리런으로 2점 차의 상황에서 마운드에 올랐습니다. 떨리지는 않았습니까?"

"오늘 불펜 피칭으로 인해 올 시즌 보직에 관해서 많은 팬들이 궁금할 것 같은데, 차지혁 선수의 정확한 보직은 선발입니까, 불펜입니까?"

방송국 리포터에게 했던 것처럼 소감만 대충 말하고는 선수단 전용 버스에 몸을 실었다.

"지혁아, 인터뷰 좀 재밌게 해라. 신인이 무슨 인터뷰를 그렇게 딱딱하게 하냐. 재밌는 인터뷰도 팬 서비스다."

정현우 선배의 말에 그러겠다 대답만 하고 창밖으로 시선을 돌렸다.

선수단 전용 버스는 내일 있을 창원 타이탄스와의 경기를 위해 창원시로 향했다.

*   *   *

시범 경기 기간 동안 대전 호크스는 5승 4패라는 괜찮은 성적표를 받아들었다.

덕분에 올 시즌 예상 순위에서 당당하게 중위권을 예상해 볼 수 있다는 전문가와 기자들의 의견이 다소 있었다.

상당히 고무적인 일이다.

10년이 넘도록 항상 하위권을 형성하며, 언제나 약체로 평가를 받던 걸 생각하면 장족의 발전이라 할만 했다.

시범 경기에서 대전 호크스의 중위권 도약이라는 예상외의 성적을 받아들게끔 만든 수훈 선수들을 꼽자면 투수조에서는 외국인 용병 투수 데이빗 하이드와 리처드 애스틴이 꼽혔다.

두 사람 모두 시범 경기에서 아주 만족스러운 성적을 받음으로써 대전 호크스의 선발진을 훌륭하게 담당할 것이라는 예측이 나왔다.

거기에 작년 에이스로 활약했던 오주영도 두 번째 등판에서는 작년 전반기의 포스를 보여줬고, 김현기 역시도 괜찮은 컨디션을 자랑했다.

마지막으로 슈퍼 고졸 신인이라 불리는 나 역시 아주 만족스러운 성적표를 받아들며 시즌 초기부터 완벽하게 5선발 체재를 갖춘 유일한 팀이라는 소리와 함께 올 시즌 투수 왕국은 대전 호크스가 유력하다는 의견도 흘러나올 정도였다.

항상 하위권을 맴도는 성적에도 불구하고 마운드는 리그 상위권이라는 평가를 받은 대전 호크스였으니 타선만 잘 받쳐 주면 충분히 상위권도 노려볼 만했다.

다행이라면 물방망이 타선이라며 리그 최하위에서 놀던

대전 호크스의 타자들이 이번 시범 경기 기간에는 심상찮은 폭발력과 집중력을 보여준 것이다.

그 중심에는 역시 올 시즌부터 국내 프로 선수들 중 톱3에 해당하는 연봉을 받는 장태훈이 있었다.

작년 시즌 초라하다 못해 비참할 정도의 성적을 냈던 장태훈은 올 시즌 확실하게 달라진 모습을 보여주겠다는 듯 시범 경기 내내 불방망이를 뿜어냈다.

시범 경기 기간 동안 보여준 0.458의 타율과 5개의 홈런은 올 시즌 성적을 기대하게끔 만들었다.

장태훈이 중심이라면 그를 에워싸고 있는 3번 메이슨 발레타와 5번 그랜트 커렌의 외국인 용병 듀오도 타 구단들의 견제를 받기에 충분할 정도의 활약을 보여줬다.

올 시즌 1번으로 낙점을 받은 정현우와 함께 2번으로 여러 차례 출전해서 좋은 모습을 보여준 진주호는 평균 이상의 테이블세터를 구축할 거라는 기대감이 있었다.

항상 문제가 되는 하위 타선도 시범 경기 기간 동안에는 상당한 집중력을 발휘하며 절대 쉬어가는 타선이 아님을 어필했다.

하지만 지금까지의 결과물들은 고작 9경기에 불과했다.

전문가들과 기자들의 예상은 얼마든지 뒤집힐 수 있었기에 마냥 좋아만 하다가는 작년 시즌처럼 하위권에서 맴돌다

시즌이 끝나 버릴 수도 있었다.

"오빠, 무조건 신인왕은 오빠 거야. 알았지?"

"뭐?"

갑작스런 지아의 말에 무슨 소린가 싶었다.

이유를 물어보니 지아는 아직까지도 나에게 악플을 달고 다니는 악플러들과 싸우고 있었고, 그들의 기를 확실하게 꺾기 위해선 신인왕 타이틀이 필수라는 소리였다.

"그런 악플에 일일이 신경 쓸 필요 없다고 했잖아. 그 사람들은 어차피 어떤 결과가 나오더라도 자신들이 보고 싶은 것, 듣고 싶은 것만 일방적으로 받아들이는 사람들이야. 내가 신인왕이 된다고 뭐가 달라질 것 같아? 아마 달라지는 건 없을 거야. 그들은 무조건적으로 날 비난하려고 작정한 사람들이니까."

"나도 그 정도는 알아! 그래도 짜증나잖아! 그러니까 오빠는 올해 무조건 신인왕을 해. 그러면 최소한 그 망할 악플러들을 상대로 훌륭한 무기가 생기는 거니까! 알았지?"

"그래, 노력해 볼게."

웃으며 대답을 하자, 지아는 결의가 부족하다며 내 등짝을 후려치고는 제 방으로 올라가 버렸다.

"지아야! 걱정 마! 오빠가 신인왕이랑 MVP도 차지할 테니까!"

내 외침에 지아가 목청껏 소리를 질러댔다.

"신인왕 하나나 제대로 타!"

지아의 외침에 듣고 피식 웃고는 소파에 앉아서 TV를 틀었다.

야구 여신이라 불리며 야구팬뿐만 아니라 일반인들에게도 널리 알려져 있는 미모의 아나운서가 진행하는 야구 프로그램이었는데, 마침 세 명의 전 선수 출신 해설위원들과 함께 올 시즌 프로 야구 예상 순위에 대해서 의견을 나누고 있었다.

각각의 예상 순위는 모두 달랐지만, 한 가지는 분명했다.

3강 4중 3약으로 정리되는 그룹이었다.

3강에는 광주 피닉스, 대구 블루윙즈, 창원 타이탄스가 꼽혔다.

6~7년 동안이나 세 팀이 시즌 페넌트 레이스에서 1위부터 3위를 다투고 있었으니 올 시즌도 강팀으로 분류가 될 수밖에 없었다.

4중으로는 부산 샤크스, 강북 바이킹스, 강남 맨티스, 서울 버팔로스를 꼽았고, 3약으로는 인천 돌핀스, 대전 호크스, 수원 드래곤즈를 언급했다.

중팀과 약팀 역시도 지난 5~6년 동안의 성적을 참고한 것이기에 프로 야구팬이라면 누구나 알고 있는 사실이었다.

　—중간 그룹에서 상위 그룹으로 치고 올라갈 수 있는 가장 유력한 팀을 꼽으라면, 그건 부산 샤크스일 겁니다. 부산 샤크스는 마운드와 타선이 모두 중간 수준이지만, 한 번 탄력을 받으면 그 기세를 가장 오래 끌고 가는 팀으로 유명합니다. 특히 한여름 부산 홈에서의 승률은 굉장히 높습니다. 열성적인 홈관중들의 응원도 한몫한다 할 수 있겠죠.

　—부산 샤크스가 기세를 타면 무서운 팀인 건 분명합니다만, 올 시즌 가장 기대가 되는 잠룡 후보로는 대전 호크스 아닐까요? 벌써 막강한 5선발 체재를 구축했고, 타선도 깔끔하게 정돈이 되어 있어 많은 전문가들과 기자들도 대전 호크스의 성적이 작년과는 확실하게 다를 것이라고 예상하고 있으니까요.

　—물론입니다. 사실 모든 야구팬들이 관심 있게 지켜보는 팀은 대전 호크스입니다. 우선 투수 부분부터 말을 해보자면 무엇보다 대전 호크스에는 올 시즌 신인왕 0순위로 지목되는 차지혁 신인 투수가 있습니다. 고교 졸업 첫 프로 데뷔 무대에서 어떻게 활약하느냐에 따라서……

＊　　　＊　　　＊

"첫 등판 경기는 4월 11일 홈경기 선발이네."

백유홍 감독의 말에 놀라지 않을 수 없었다.

"제가 말입니까?"

"부담이 되겠지만, 여러 가지로 생각하고 결정한 일이니 컨디션 조절에 차질이 없도록 하게."

믿는다는 듯 웃으며 어깨를 다독이는 백유홍 감독이었다.

놀랐다. 너무 놀라서 할 말이 없었다.

선발로 경기에 나가는 건 당연하다 여겼지만, 문제는 시기였다.

애초부터 백유홍 감독이 나에게 제안했던 내용이 전지훈련과 시범 경기 동안 흡족한 모습을 보이면 1선발이나 2선발로 기용하며 적극적으로 지지하고, 확실하게 도움을 준다고 했다.

그 결과가 바로 4월 11일 개막전 홈경기 선발이다.

외국인 용병 투수들과 작년 에이스로 활약했던 투수를 뒤로 밀어내고 고졸 신인 투수를 과감하게 개막전 선발 경기에 올린다는 건 상상도 할 수 없는 일이다.

성공을 하든 실패를 하든 백유홍 감독은 논란의 대상이 되어버린다.

그런 위험부담을 감수하면서까지 날 개막전 선발투수로 올리겠다는 건 나에 대한 확고한 믿음을 보여주는 거다.

프로 야구 역사상 개막전에서 신인 투수가 선발로 등판한 건 총 8번이다.

그나마도 94년을 끝으로 더 이상 없었다.

그런데 무려 32년 만에 개막전 선발로 신인 투수, 그것도 고졸 신인 투수가 마운드에 오르게 생겼다.

온갖 생각이 머릿속을 헤집었다.

뭐라 말을 할 수 없었다.

한참 만에 내가 백유홍 감독에게 한 말은 굉장히 짧았다.

"확인시켜 드리겠습니다."

내 대답에 백유홍 감독이 인자하게 웃었다.

"기대하겠네."

이걸로 정해졌다.

개막전 선발투수.

이 사실이 알려지면 엄청난 폭풍이 일어난다.

당장 개막전 상대 팀인 대구 블루윙즈가 어떤 반응을 보일지 눈에 선명히 보였다.

강팀으로서 확고하게 자리를 잡은 대구 블루윙즈의 입장에선 기가 막힐 테고, 결과적으로 자신들이 무시를 당했다 여길지도 모른다.

고졸 신인 투수를 선발로 내세운 대전 호크스를 처참하게 짓밟겠다고, 명장이라 불리는 백유홍 감독의 명성을 처참하게 짓뭉개려고 달려들겠지.

내 예상대로 개막일을 하루 앞두고 선발 라인업이 발표됐다.

난리가 났다.

경험과 실력을 갖춘 용병 투수가 둘이나 있었고, 작년 에이스로 활약했던 오주영도 시범 경기 막바지에 컨디션이 올라왔다는 걸 증명했다.

그런데 실력과 경험을 겸비한 투수들을 젖혀두고 고졸 신인 투수가 선발투수라는 게 발표되자 모든 사회적 관심이 나에게 집중되었다.

《한국 프로 야구 32년 만에 고졸 신인 투수 개막전 선발 등판! 과연 가능한가?》

《슈퍼 루키 차지혁! 32년 만의 신인 투수 개막전 선발 등판 계보 잇다!》

《대전 호스크의 개막 선발은 신인 투수 차지혁!》

《차지혁! 프로 데뷔 첫 선발 경기로 개막전 출격!》

《백유홍 감독의 마음을 사로잡은 신인 투수 차지혁!》

《대구 블루윙즈 박태인 감독, 백유홍 감독의 선택 존중하지만

잘못된 선택임을 증명하겠다!》

《대전 호크스 백유홍 감독, 차지혁 선수의 개막전 선발 등판은
전지훈련 당시부터 계획했다!》

《대전 호크스의 팀 동료들도 신인 투수 차지혁의 개막전 선발
에 호의적인 반응!》

《개막전 신인 투수 선발 등판에 대구 블루윙즈 선수들, 프로의
무서움을 보여주겠다!》

실시간으로 기사가 쏟아져 나왔다.

하루 종일 인터넷에서는 내 이름과 백유홍 감독의 이름 등
이 상위권을 점령했다.

야구 커뮤니티 게시판도 온통 내 이야기로 도배가 되어 있
었다.

고졸 신인 투수에게 개막전 선발을 맡기겠다는 건 올 시즌
에이스로 낙점을 받은 것이다, 단순 홍보용으로 대전 호크스
가 티켓을 팔기 위한 노이즈 마케팅이다 등등 각종 추측과 오
해가 난무했다.

당연히 그 사이에서 지아는 기사가 터짐과 동시에 학교에
선 핸드폰으로, 집에서는 컴퓨터 앞에서 식음까지 전폐하며
악플러들과 맹렬하게 싸우고 있었다.

엄청난 소란을 일었지만, 난 적당하게 어깨를 풀며 내일 있

을 개막전에서 최상의 컨디션으로 마운드에 오르기 위해 하루를 앞당겨 집으로 찾아온 최상호 코치와 몸을 만들고 있었다.

"떨리지는 않는 거냐?"

"글쎄요. 코치님 말씀처럼 타고난 축복인지 별 감정이 없습니다."

"녀석."

최상호 코치가 피식 웃었다.

"대구 블루윙즈는 강팀이다. 조금만 약한 모습을 보이면 사정없이 널 물어뜯으려고 달려들 거다."

대답 대신 고개만 끄덕였다.

"이미 전략 분석이야 끝났을 테고, 내가 해줄 수 있는 말은 한 가지다."

잠시 말을 멈춘 최상호 코치가 천천히 말을 이었다.

"네 공만 믿어라. 타자들의 데이터도 분명 중요하지만 투수는 자신의 공에 대한 확신과 믿음을 갖고 포수 미트만 보고 던지면 된다. 장담컨대 네 공은 어디에 내놔도 부족하지 않다. 네가 흔들리지 않으면 네 공도 흔들리지 않는다. 투수의 공이 흔들리는 건 투수의 마음이 흔들리고 있기 때문이다. 어떤 경우에도 단단하게 마음을 붙잡아야 한다."

"네. 지켜보세요. 제가 내일 어떤 공을 던지는지."

딱히 어떤 대단한 성과를 만들겠다는 의지는 아니지만, 개막전 선발투수로서 당당하게 첫 승을 신고하고 싶다는 욕심은 있었다.

더불어 국내 프로 야구에서 그 누구도 쌓지 못한 최고의 커리어를 위해서라도 첫 데뷔 선발 등판부터 패배를 할 순 없었다.

우선은 7이닝 무실점.

내가 정한 목표다.

시범 경기에서 아무리 좋은 성적을 냈다고 하더라도 그건 시범 경기일 뿐이다.

시즌 개막전에 임하는 자세와는 분명 달랐고, 내일 마주하게 될 대구 블루윙즈의 타자들은 그 여느 때보다 집중력을 발휘해서 신인 투수인 나를 철저하게 무너트리려고 할 거다.

모든 사람들의 주목을 받는 경기인 만큼 중압감을 이겨내야 하고, 대구 블루윙즈 타자들에게도 결코 만만하게 보여선 안 된다.

내일.

4월 11일 프로 야구 개막전에서 차지혁이 왜 슈퍼 루키라 불리는지, 어째서 메이저리그 구단이 수천만 달러의 계약을 하려고 했는지를 똑똑하게 보여주면 되는 일이다.

일찍 잠에 들었고, 일찍 일어났다.

생애 첫 프로 선발 데뷔 전, 그것도 개막전이라는 부담감 따윈 머릿속에서 지워 버렸다.

평소처럼 잠자리를 정리하고 러닝을 했으며, 스트레칭을 했다.

좋다.

컨디션은 최상이다.

『100마일』3권에 계속…

강준현 장편 소설

FUSION FANTASTIC STORY

개척자

Pioneer

『복수의 길』의 강준현 작가가 선보이는
2015년 특급 신작!

글로벌 기업의 총수, 준영.
갑자기 찾아온 몽유병과 알 수 없는 상황들.

"…누구냐, 넌?"
혼돈 속에서 순식간에 바뀐 그의 모든 일상.
조각 같던 몸도, 엄청난 돈도, 뛰어난 머리도 모두, 사라졌다!

스스로도 알 수 없는 낯선 대한민국의 밑바닥부터
다시 시작해야 하는 준영.

"젠장! 그래, 이렇게 산다!
대신 나중에 바꾸자고 하면 절대 안 바꿔!"

그는 과연 이 상황을 극복하고 자신의 운명을
새롭게 개척해 나갈 수 있을 것인가!

Book Publishing CHUNGEORAM

유행이 아닌 자유추구 -
WWW.chungeoram.com

글샆 장편 소설
FUSION FANTASTIC STORY

세상을
다 가져라

[세상을 다 가져라]

문피아 선호작 베스트 작품 전격 출간!
현대판타지, 그 상상력의 한계를 넘어서다!

권고사직을 당한 지 2년째의 백수 권혁준.

우연히 타게 된 괴상한 발명품으로 인해
과거로 회귀한다!

그런데
과거로 온 혁준의 손에 들려 있는 것은 바로
최신형 스마트폰!

"까짓 세상, 죄다 가져 버리겠다 이거야!"

백수였던 혁준의 짜릿한 인생 역전이 시작된다!

Book Publishing CHUNGEORAM

유책이 아닌 자유추구
www.chungeoram.com